De Aventure Alisu
in Mirviziländ

De Aventure Alisu in Mirviziländ

Alice's Adventures in Wonderland in Uropi

Pa

Lewis Carroll

PICTE PA

JOHN TENNIEL

TRADUTEN IN UROPI PA

BERTRAND CARETTE
ID JOËL LANDAIS

evertype
2018

Publizen pa/*Published by* Evertype, 19A Corso Street, Dundee, DD2 1DR, Scotland.
www.evertype.com.

Odveni titel/*Original title*: *Alice's Adventures in Wonderland.*

Tradutad/*Translation* © 2018 Bertrand Carette & Joël Landais.
Di usdàv/*This edition* © 2018 Michael Everson.

Pri usdàv/*First edition* 2018.

U katalogi registad di bibi se disponli be de British Library.
A catalogue record for this book is available from the British Library.

ISBN-10 1-78201-221-4
ISBN-13 978-1-78201-221-4

Koseten in/*Typeset in* De Vinne Text, Mona Lisa, ENGRAVERS' ROMAN, id/*and* Liberty
pa/*by* Michael Everson.

Picte/*Illustrations*: John Tenniel, 1865.

Krova/*Cover*: Michael Everson.

Inpriten pa/*Printed by* LightningSource.

Forvòrd

*L*ewis Carroll se u skrivinom: Charles Lutwidge Dodgson sì de veri nom de skrivori we sì profesor matematiki be Christ Church in Oxford. Dodgson inizì de storij be 4i 3ul 1862, wan he pasitì in u remibark su riv Isis in Oxford sam ki Reverend Robinson Duckworth, ki Alice Liddell (10 jare), dota de Dekani od Christ Church, id ci du sestas, Lorina (13 jare), id Edith (8 jare). Wim je se klar in de poèm be inìz de bibi, de tri 3ikas pragì a Dodgson retalo u storij id, gonvolim prim, he inizì retalo lo de pri versiòn de storiji. Je ste mole mìj-celen reperade a da pin persone tra tal de bibiteksti som, we vidì fendim publizen in 1865.

Uropi se u struen linga wen i av som kreaten; je se u sintèz Indeuropan lingus, klarim bazen su de komùn Indeuropan rode.

Un od de maj sinan diskrovade mi 3ivi sì de komùn odvenad Indeuropan lingus, wan i oprì, po de pri vos, be ald 16 jaris, u *Vordar Indeuropan rodis*. Za i diskrovì te nerim tale Europan lingas: Romaniki, Germàni, Slavi, Keltic, id Balti lingas, sam ki Greci, Albàni, Armèni, Kurdi, id mole od de lingas Indiu (Hindi, Bengali, Gujarati, Punjabi, Odia…) id Iràni, id os un eki numar mori lingus wim Hititi (Anatolia) o Tokhari (Cini

Turkestàn), odvenì od un uni spija: Indeuropean o, wim je vidì restruen, Proto-Indeuropan.

Tra de du fori suntjàre, prolivan linguiste varkì ansparim po restruo di linga obe su de vordi id gramatiki nivle. Se je ne ankredli te, pos 5000 jare, vorde odvenan od PIE rode av stajen pratikim somi id moz vido finden in de majsan I-E lingas? Di se de kaz po vorde wim *sol, mata, tu, nas, tri, snev*... id mole altene.

Odia, de mij moldi polkad su de pin kontinente vok un Indeuropan linga, o wim matulinga, o wim duj linga, obte de majsan "Indeuropan" vokore, usim eke spesialiste, av nevos oren ov di komùn odvenad: Proto-Indeuropan. Po la, Franci, Engli, Doski, Rusi, Espàni, Greci, Hindi, Kurdi... i.s.p. staj os straniori te Cini o Swahili, obte indèt lu se sesta-lingas ki mole komùn punte.

Od da genì Uropi: je se u sintèz da komùn puntis, wa sin te po jaki vord, jaki struktùr de lingu, je prob findo prim de odveni Indeuropan rod, id dujim de maj komùn vorde wen di rod agenì. Uscepo de maj komùn vorde tra tal de Indeuropan aria, id de maj slimi gramatiki struktùre se de du maj becizi faktòre.

In eke kaze uscepo de vorde sì relativim lezi: po samp de Uropi vorde *sol* id *mata* se pratikim de aritmetiki midad tale I-E vordis.)

Kotogan de slimid gramatiki formis, un moz nemo de samp de Uropi prosàni, we se mol semli a de Cini prosàn: un uz de anvarizli verbirod be tale persone: *voko* vid konjugen sim: *i vok, tu vok, he vok, nu vok, lu vok.*

De usvòk se os partikulim slimi. Uropi vorde doʒ vido lezim usvoken pa de grenes mozli numar lientis. Je ste solem pin vokale: *a, e, i, o, u* id de koruvokan diftonge (*au, ai, oi, ei*). De Uropi bazivord av u mol slimi fonemi struktùr wim kozòn-vokàl-kozòn (KVK), po samp: *sol, vod, lun, foj, man*, o KKVK: *trup, krob, kluz*, o KVKK: *vark, sort, kolb*. Di det ja maj lezi struo koseten vorde: *luniluc, soliràl, vodiplant, drovifoj, maniveste.*

Di eke sampe dik no de spirt in wen Uropi vidì kreaten, ruspekan de komùn Indeuropan rode id esistan gramatiki struktùre, uscepen slogan li slimid id intranasionid...

Nu vol partikulim dasko Alexis Huchelmann we inkarʒadì na a deti di tradutad.

Joël Landais
Chartres, July 2018

Foreword

$\mathcal{L}$ewis Carroll is a pen-name: Charles Lutwidge Dodgson was the author's real name and he was lecturer in Mathematics in Christ Church, Oxford. Dodgson began the story on 4 July 1862, when he took a journey in a rowing boat on the river Isis in Oxford together with the Reverend Robinson Duckworth, with Alice Liddell (ten years of age) the daughter of the Dean of Christ Church, and with her two sisters, Lorina (thirteen years of age), and Edith (eight years of age). As is clear from the poem at the beginning of the book, the three girls asked Dodgson for a story and reluctantly at first he began to tell the first version of the story to them. There are many half-hidden references made to the five of them throughout the text of the book itself, which was published finally in 1865.

Uropi is a constructed language which was created by myself; it is a synthesis of Indo-European languages, explicitly based on the common Indo-European roots.

One of the most significant discoveries in my life was the common origin of the Indo-European languages, when, for the first time, at the age of 16, I opened a dictionary of Indo-European roots. There I discovered that nearly all European languages: Romance, Germanic, Slavic, Celtic, and Baltic languages, together with Greek, Albanian, Armenian, Kurdish, and many of the languages of India (Hindi, Bengali, Gujarati, Punjabi, Odia…) and Iran, as well as a number of dead languages such as Hittite (Anatolia) or Tokharian (Chinese Turkestan), stemmed from a single original idiom: Indo-European or as we reconstruct it, Proto-Indo-European.

Over the past two centuries, prominent linguists have worked unsparingly to reconstruct this idiom both on the lexical and grammatical levels. Isn't it incredible that, after 5000 years, words stemming from Proto-Indo-European roots should have remained practically the same and could now be found in most Indo-European languages? This is the case for terms like *sun, mother, thou, nose, three, snow* and many others (in Uropi: *sol, mata, tu, nas, tri, snev…*)

Today, half the world population on the five continents speaks an Indo-European language, either as a mother tongue or as a second language, though most "Indo-European" speakers, apart from a handful of specialists, have never heard of this common origin: Proto-Indo-European. For them, French, English, German, Russian, Spanish, Greek, Hindi, Kurdish, etc. remain as foreign as Chinese or Swahili, whereas in fact they are sister-languages teeming with similarities.

Uropi was born along those lines: it is a synthesis of those similarities, which means that for each word, each structure of the language, it tries to find the original Indo-European root on the one hand, and the most common terms this root gave birth to, on the other hand. The frequent use of a root-word on the whole Indo-European area is a determining factor, and so is the simplicity of grammatical structures.

In certain cases choosing the words was relatively easy: for example: Uropi *sol* 'sun' and *mata* 'mother' are practically the arithmetical average of the Indo-European terms.

Concerning the simplicity of grammatical forms, we can take the example of the present tense, which is very similar to the Chinese present: you use the verbal stem which remains invariable: *voko* 'to speak' is conjugated thus: *i vok, tu vok, he vok, nu vok, lu vok* 'I speak, you speak, he speaks, we speak, they speak'.

The pronunciation is also remarkably simple. Uropi words should be easily pronounced by the largest possible number of people. There are only five vowels: *a, e, i, o, u* and the corresponding diphthongs (*au, ai, oi, ei*…). The Uropi root-word has a very simple phonemic structure such as consonant-vowel-consonant (CVC), for example: *sol* 'sun', *vod* 'water', *lun* 'moon', *foj* 'fire', *man* 'man', or CCVC : *trup* 'troop', *krob* 'crow', *kluz* 'shut', or CVCC: *vark* 'work', *sort* 'sort', *kolb* 'dove'. This makes it easier to build compounds: *luniluc* 'moon-shine', *soliràl* 'sunbeam', *vodiplant* 'water-plant', *drovifoj* 'wood-fire', *maniveste* 'menswear'.

These few examples show the spirit in which Uropi was created: with a respect for common Indo-European roots and existing grammatical structures, a selection of them according to their simplicity and their international character.

Thanks are due to Alexis Huchelmann who encouraged us to do the translation.

Joël Landais
Chartres, July 2018

De Aventure Alisu
in Mirviziländ

Tabel kapitlis

Tale be gori posmidià
   Lanim nu se slizan
Par anvikli miki rame
   Ni reme se rucan
Id protensi miki mande
   Prob duto ni valgad

Oh, krual Tri, in u sul hor,
   Ude sa soinic verem,
Prag' u sag a u tio flabi
   Fles po flo de minies ped!
Ka moz u pavri voc valto,
   Gon tri linge unizen?

De imperic Prima bas prim
   Ci usdèz "Po inìzo…"
Sekunda vuc, ba maj sovim
   "Las je ste ek disvalgad!"
Id Tertia de sag intrakòt
   Solem unvos be minùt.

Beprù vikten pa de silad
   Lu slog in imaʒinad
De soinikìd muvan in land
   Mirvizis novi'd strani,
Ki best', ovle framim blatan
   Nerim kredan ja veri.

Talvos, wan de sag sorizì
De kwel imaʒinadi,
Id wan de ustanen probì
Pospero ja maj posen,
"De slog nes vos…" "Num se nes vos!"
De glaj voce usklàj.

Sim de sag Mirvizilandi
Genì: lanim, un pos un
Strani usvenade suzì.
Num de sag se fenden
A dom se navan de skipad
Glaj ude solifàl.

Alisa! Nem di kidisag,
Id ki ti sovi mand,
Set ja wo se pleten soine
In mistiki bind rumenis,
Wim wisten flore pelgrini
Pliken in u dali land.

KAPITEL I

Niz de konilipòr

Alisa inizì vido mol tan, sedan bezàt ci sesta, su de tum, id avan nit a deto. Un o du vose ce avì glizen in de bib wen ci sesta sì lisan, ba je intenì nè picte nè kovoke, "Id," Alisa menì, "ka uzi se u bib ane picte o kovòk?"

Ce pragì sio (os bun te ce mozì meno, par de cajad detì ca mol insopen id stupi), is de prijad mako u pastibeli girlànd sev valti sto op id pliko pastibele, wan plozim u Bij Konìl ki rozi oje renì pas ca.

Da avì nit *sa* bemarkli; id Alisa findì os ne *sa* strani oro de Konìl dezan sio: "Oh waj! Oh waj! I ve so posen!" (wan ce posmenì ov ja, je venì co in ment te ce avev dozen vido stonen, ba be da momènt, je semì co talim naturi); pur wan de Konìl *nemì u horèl us hi ʒileti pok*, gladì ja id inizì hasto, Alisa spritì op, par ci ment vidì flizen pa de idea te ce avì nevos vizen u konìl ki u ʒileti pok, o ki u horèl vidan nemen us ja, id brenan od gurzavid, ce renì pos ha tra de pold, id felicim sì puntim in tem po vizo ha sprito in u lati konilipòr ude de hag.

U momènt maj posen, Alisa itì in be ci vos, ane prago sio evos kim ce mozev ʒe ito us dapòs.

De konilipòr itì pro reg wim u tunèl, id pos je dupì niz bruskim, sa bruskim te Alisa avì ne tem po meno ov stopo for befindo falan niz u mol duv kwel.

O de kwel sì mol duv, o ce falì mol lanim, par ce avì tal tem, trawàn ce sì itan niz, po glado kirkim id prago sio ka usvenev beprù. Prim, ce probì glado niz id incepo wo ce sì po aveno, ba je sì tio dum po vizo eniwà; pos, ce spekì de varde de kweli, id bemarkì te lu sì polnen ki kabe id stafle; zi id za ce vizì mape id pictene avangen su kruke. In pasan, ce nemì u pot od u stafel; je perì su u stikel: "ARANƷI MARMELAD", ba ce sì mol dislużen, vizan te je sì vuzi. Ce volì ne jeto ap de pot, frajan tudo ekun, sim ce sforì seto ja in un od de kabe trawàn ce falì pas ja.

"Bun!" menì Alisa, "Pos u sul fal, je v' so mo ʒe egli rolo niz de skalia! Kim un ve findo ma karʒan be dom! Voj, i dezev nit ov ja, oʒe is i falev ap de tag!" (Wa sì mol versemi, indèt.)

Niz, niz, niz. Fendev nevos de fal? "I prag mo kamole kilometre i av falen be di momènt?" ce dezì ludim. "I doʒ so ekia ner de centra teri. Vizem, da sev ses o sep tilie kilometre niz, i men—" (par, vize ʒe, Alisa avì leren vari sule zoce be skol, id obte je sì ne u *mol* bun betemid po bralo ov ci konade, ʒate je stì nekun po skuco ca, je sì pur bun pratiz redezo da) "—aj, je doʒ so de punti apstàd—ba i prag mo be ka Latitùd o Longitùd i befind? (Alisa avì nun idea ov ka sì Latitùd, id os Longitùd, ba menì te lu sì lovi grandi vorde po dezo.)

Beprù, ce inizì revos: "I prag mo is i ve falo talim *tru* ter! Kim je v' semo komic aveno tramìd de liente we vad ki keb niz! De Antipate, i men—" (ce sì sat glaj te je stì nekun skucan, di vos, par je semì talim ne so de regi vord) "—ba i ve doʒo prago lo ka s' de nom de landi, naturim. Prijim, mi dama, se je Novi Zelànd o Australia?" (id ce probì bojo sia trawàn ce vokì—imaʒine u *bojad trawàn* vu se falan tru al! Men vu te vu mozev deto ja?) "Id, par mi kest, ce ve meno, i s' un anzavan ʒika! Ne, de kest ve ne siedo: mojse i ve vizo de nom skriven ekia."

Niz, niz, niz. Je stì nit alten a deto, sim Alisa inizì beprù voko revos. "Dina ve ʒe mol longijo ov ma di vespen, i men!" (Dina sì ci kata.) "I sper te lu ve rumeno ci bolit liki be teji hor. Mi keri Dina! I zelev ʒe te tu sev zi ki ma! Je ste nun mus in al, i fraj, ba tu mojev cepo flevimuse, id lu se mol semli a muse, zav ja. Ba jed kate la? I prag mo." Id davos, Alisa inizì vido u poj sopic, id proitì redezo sio, wim ce sì soinan: "Jed kate la? Jed kate la?" id ekvos: "Jed lu kate?" par, vize ʒe, ʒate ce mozì ruvoko a nun od obe keste, je vezì poj kim ce pragì la. Ce felì te ce sì insopan, id ce avì pen inizen soino te ce vadì ki Dina, mand in mand, dezan co talim seriosim: "Voj, Dina,

dez mo de verid: jedì tu evos u flevimus?" wan plozim, tump!
tump! Ce aterì su u kum rastis id sori folis, id de fal avì fenden.

Alisa sì oʒe ne vunen, id ce spritì op in un antèm: ce gladì
op, ba tal sì ɖum beùve; pro ca, je stì un alten longi pasia, id
un mozì vizo de Bij Konìl, renan hastim alòng ja. Alisa doʒì
ne perlaso u momènt: ce renì ap wim vint, id sì puntim in tem
po oro ha dezo, trawàn he virì be u kant: "Oh, mi ore id
mustace! Kim je vid posen!" Ce sì mol ner berù ha, wan ce virì
be de kant, ba de Konìl avì pen disvanen: ce befindì in u longi,
nizi hal lucen pa u ran lampis vangan od de subia.

Je stì dore tal aròn de hal, ba lu se tale klijen; id pos Alisa
avì iten alòng un zat pos alòng d' alten, proban opro jaki dor,
ce vadì tristim bemìd, pragan sio kim ce mozev ito us.

Plozim ce diskrovì u miki tripodi tab talim maken in stordi
glas; je stì nit su ja usim u mini gori klij, id Alisa menì suprù
te je mojev opro un od de dore de hali; Laj! O de sloke sì tio
lati, o de klij sì tio miki, ba newim je volì opro un od la. Pur,
pos u duj virt, ce diskrovì u nizi kortin, wen ce avì ne jok
bemarken, id berù ja sì u miki dor beròn kwerdes centimetre
hol: ce probì de miki gori klij in de slok, id inglajì par je siedì
ʒe bun!

Alisa oprì de dor id findì te je dutì a u miki pasia, ne mol grenes te u ratipòr: ce kenivì id gladì tru de pasia do de lovies gardin te un moz imaʒino. Kim ce zelì ito us di dum hal, id valgo bemìd da lede brij floris id da fric fonte! Ba ce mozev oʒe ne seto ci keb tru de inìt; "id oʒe is mi keb mozev ito tru," dezì pavri Alisa, "je sev ne verim uzi ane mi spulde. Oh! Kim i zelev mozo ito ru in ma som, wim u dalokel! I men te i mozev, is i zavev solem kim inizo." Par, vu viz, samole ansiudi zoce avì usvenen novem, te Alisa inizì meno te mol poje zoce indèt sì verim anmozli.

Je semì anuzi varto be de miki dor, pardà ce itì ru a de tab, mij speran te ce findev un alten klij su ja, o bemìn u bib reglis po deto liente ito ru in sia wim dalokle: di vos, ce findì su ja u miki flak ("we sì siurim ne za dafòr," dezì Alisa), id aròn de flaki kolia sì u papiri stikel, su wen de vorde "PIV MA" sì belim inpriten ki gren litere.

Je sì talim bun dezo: "Piv ma", ba de vis miki Alisa sì ne po deto *da* in hast. "Ne, i ve glado prim," ce dezì, "id vizo is je s' marken *'vift'* o ne"; par ce avì lisen vari carmi miki storije ov kide, we vidì brenen o disjeden pa vilgi beste id alten anprijan zoce, solem par lu *volì* ne rumeno de slimi regle wen li frame avì lo dicten: po samp, te u roj-caj brazistik ve breno va is vu ten ja tio longim; id te, is vu kot vi dig *mol* duvim ki u kotèl, siudim je glod; id ce avì nevos oblasen te, is un piv mol od u butèl ki u stikel marken "vift", je s' nerim siuri kozo vo truble, pru o posen.

Pur, di flak avì *nun* stikel ki "vift", sim Alisa riskì gusto ja, id findan ja mol prijan (in fakt, je avì u micen gust cerizi tarti, peki kremi, ananàsi, rosten turkani, karameli, id caj butiren tosti), ce fendì ja mol racim.

*   *   *   *

*   *   *

*   *   *   *

"Ka strani felad!" dezì Alisa. "I doʒ so itan ru in ma, wim u dalokel."

Id indèt je sì sim: ce mezì num solem dudes-pin centimetre, id ci fas lucivì be de men te ce avì num de punti mez po ito tru de miki dor a de lovi gardin. Pur, ce vartì prim eke minute po vizo is ce sì jok stritivan maj: ce felì sia u poj skuran ov da; "par, vu zav," Alisa dezì sio, "fendim i mojev disvano intalim, wim u kirèl. I prag mo a ka i somivev in da kaz." Id ce probì imaʒino de usvìz u kireli flami pos un av sticen de kirèl, par ce mozì ne rumeno is ce avì evos vizen u sul zoc.

Pos u momènt, vizan te nit maj usvenì, ce becizì ito in de gardin suprù; ba laj! pavri Alisa! wan ce avenì be de dor, ce bemarkì te ce avì oblasen de miki gori klij, id wan ce itì ru a de tab po nemo ja, ce bemarkì te ce mozì ne atogo ja eniwim: ce mozì vizo ja sat klarim tru de glas, id ce probì, os bun te mozli, klimo op un od de pode de tabi, ba je sì tio slipi; id pos avo ustanen sia ki vani probe, de pavri mika sedì niz id plojì. "Item! Je s' ne uzi plojo sim!" Alisa dezì sio skerpim. "I koràd to stopo suprù!" Generalim ce davì sio mol bun korade (wen ce slogì rarim), id ekvos ce bramì sia sa strigim te ploje venì a ci oje; id ce rumenì te unvos ce probì plago siu ganc pos ce avì trugen in u partij kroketi wen ce jegì gon ca som, par di ansiudi kida gusì mol prosemo so du persone. "Ba je s' num ʒe anuzi," pavri Alisa menì, "prosemo so du persone! Voj, wa rest od ma sat pen po formo *un* ruspekli persòn!"

Beprù ci oje kogonì u miki glasi bok leʒan ude de tab; ce oprì ja id findì in ja u mol miki pek, su wen de vorde "JED MA" sì belim trasen ki Korinti rozine. "Bun, i ve jedo ja," dezì Alisa, "id is je det ma grenes, i ve mozo atogo de klij; id is je det ma mikies, i ve mozo krepo ude de dor; eniwim i v' ito in de gardin, id usvèn wa moj!"

Ce jedì u miki pez peki id dezì sio angosticim: "Op o niz? Op o niz?", tenan ci mand su ci keb po felo is ce gresì o digresì; id ce sì talim suprizen bestalo te ce garì jok de somi mez: naturim, di usvèn generalim wan un jed u pek, ba Alisa sì ʒa sa siuden invarto solem disvalgan usvenade, te je semì ʒe atiedan id stupi wan ʒiv proitì in u komùn mod.

Pardà ce inizì varko id jedì beprù de pek tis de fend.

KAPITEL II

De plud plojis

"*Maj* stranies id maj stranies!" usklajì Alisa (ce sì sa suprizen te, be di momènt, ce talim oblasì kim voko koregim); "I se num longivan wim de longies teleskòp we evos esistì! Adoj, pode!" (par wan ce gladì ci pode, lu semì nerim us viz, lu avì iten ap sa dal). "Oh, mi pavri miki pode, i prag mo ke ve seto su va vi kalse id cuse num, kerine. Je se siuri te *i v'* ne mozo deto ja. I ve so ʒe tio dal po nemo cer ov va: vu ve doʒo trajo va us solen os bun te mozli;—ba i doʒ so neti ki la," Alisa menì, "o mojse lu v' ne vado za wo i vol ito! Vizem: i ve davo lo u novi par cusis be jaki Krisgen."

Id ce proitì, tramenan ov de mod deto ja. "Lu ve vido infeden a u transportor," ce menì; "id kim je v' usvizo komic, sendo kodave a siu siavi pode! Id kim d' adrès ve semo strani!

> *Sior Desti Pod Alisu,*
> > *pro de Kamin,*
> > > *ner de Flamitegèl*
> > > > *(ki de liam Alisu).*

Oh waj! Ka dunade i dez!"

Puntim davos, ci keb plagì de subia: in fakt, ce mezì num maj te du metre sepdes-pin, id suprù ce cepì de miki gori klij id itì hastim a de dor de gardini.

Pavri Alisa! Ce mozì deto nit maj te leʒo niz su de flank, po glado tru in de gardin ki un oj; ba ito tru sì maj disperen te evos: ce sedì niz id inizì plojo revos.

"Tu doʒev skando," dezì Alisa, "u gren ʒika wim tu," (ce sì puntim da), "proìto plojo sim! Stop suprù, i ordèz to!" Ba ce proitì oʒepùr, lijan litre plojis, tis ce vidì inronen pa u gren plud, beròn des centimetre duv, id distensan tis de mid de hali.

Pos u momènt, ce orì miki poditape be dal, id ce sorizì spelim ci oje po vizo wa sì aneran. Je sì de Bij Konìl revenan, splendim vesten, ki u par bij kaditipeli gandis in u mand id u gren van in d' alten: he trotì in gren hast, id, avenan, he mumì sio: "Oh! De Duka, de Duka! Oh! Ka *furic* ce ve so is i av lasen ca varto!" Alisa felì sia sa disperen te ce sì predi po prago eld a eniun; sim, wan de Konìl anerì ca, ce inizì, in u lais, coj voc: "I vit va, mi sior—" De Konìl ustremì violtim, lasì falo de bij kaditipeli gande id de van, id renì ap do de dumad os spel te he mozì.

Alisa nemì op de van id de gande, id, par je sì mol caj in de hal, ce vanì sia anstopim trawàn ce sì vokan: "Oh waj, oh waj! Ka strani se tal odia! Id jesta zoce uspasì wim siudim. I prag mo is un av meten ma in de noc? Menem: *sì* i ʒe de som wan i livì ma di morna? Je ruvèn mo in ment te i felì ma u poj disemi. Ba, is i se ne de som, de slogan kest se: Ke diavel se i? Ah, *da* se de gren gedel!" Id ce inizì meno ov tale de somalden kidas, wen ce konì, po vizo is ce mozev avo viden un od la.

"I se siuri te i s' ne Ada," ce dezì, "par ce av longi loki kevile, id mìas se talim ne loki; id i se siuri te i moz ne so Mabel, par i kon tale sorte zocis, id ce, oh!, ce kon ʒe sa poje! Idmaj *ce se*

ce, id *i se* i, id—oh! Sir! Ka mentibrek! I ve testo is i zav jok
tal wa i siudì zavo. Vizem: kwer vose pin se desdù, kwer vose
ses se destrì id kwer vose sep se—Oh waj! I v' nevos atogo
dudes ki di spelid! Pur de Tabel Moliplizadi s' ne sinipolen;
probem Geografij! Londòn se de kebipol Parisi, id Parìs se de
kebipol Romu, id Roma—ne, tal da se falsi, i se siuri! I doʒ
avo viden meten in Mabel! I ve probo rezito '*Glad de miki
beja*—'," ce krosì mande su ci kene wim is ce rezitì lesione, id
ce inizì rezito de poèm, ba ci voc zonì horki id strani, id de
vorde venì ne wim siudim:—

> "*Glad de krokodìla*
> *We se luskan siu koj,*
> *Lijan vod od Nila*
> *Su jaki gori skail!*
>
> *Kim ce s' gajim griman,*
> *Ustensan siu kroge,*
> *Picite bunvenan*
> *In siu smijan givle!*"

"I se siuri te je s' ne de regi vorde," dezì pavri Alisa; id ci
oje polnivì revos ki ploje trawàn ce proitì: "Pos tal, i doʒ so
Mabel, id i v' doʒo domo in da engi miki has, i v' avo nerim
nun jegèl, id—oh!—talvos samole lesione a lero! Ne, i av
becizen: is i se Mabel, i ve stajo zi! Lu ve ʒe mojo bojo li keb id
dezo: "Ven ru op, kerina!" I ve solem glado op id dezo: "Ke s'
i ʒe? Dez ja mo prim, id davòs, is i gus so da persòn, i v' ito
op; is ne, i ve stajo benìz tis i vid ekun alten—ba, oh waj!"
klajì Alisa, plozim inplojan, "Kim i zelev te lu boj li keb niz! I
uspèr nemaj stajo solen zi!"

Dezan di, ci gladì niz do ci mande, id vidì suprìzen vizo te ce
avì seten su un od de miki bij kaditipeli gande de Konili,
trawàn ce sì vokan. "Kim av i mozen deto da?" ce menì. "I doʒ

17

so revos mikivan." Ce stì op id itì a de tab po mezo sia koeglim ki ja, id findì te, osmòl te ce mozì gedo, ce sì num kirkim sesdes centimetre hol, id sì stritivan pro spelim. Ce diskrovì beprù te je vidì kozen pa de van wen ce tenì, id ce lasì ja falo hastim, puntim in tem po apìto disvano talim.

"Da *sì* u strit usflìg!" dezì Alisa, talim afrajen pa de plozi metad, ba mol felic so jok esistan; "Id num a de gardin!" Id ce renì ru mol spelim a de miki dor; ba laj! de miki dor sì revos kluzen, id de miki gori klij befindì su de glasi tab wim befòr; "id zoce se pejes te evos," menì de pavri kida, "par i sì nevos os miki te num, nevos! Id je se ze tio pej cans!"

Trawàn ce dezì di vorde, ci pod slipì, id u momènt dapòs, plac! Ce avì dupen tis kin in salti vod. Ci pri idea sì te ce avì eniwìm falen in mar, "id in di kaz i v' mozo faro ru trenim," ce dezì sio. (Alisa avì iten a maribèr unvos in ci ziv, id avì trajen de general koklùz te, enikò un it su de Engli kust, un find eke rolikabine in mar, eke kide gravan in sand ki drovi spale, id pos, u ran vaki hasis, id berù, un ernivaji stasia.) Pur, ce incepì beprù te ce sì in de plud plojis wen ce avì lijen wan ce sì du metre sepdes-pin hol.

"I ruplòj avo samòl plojen!" dezì Alisa, trawàn ce snivì aròn, proban findo un usìt. "Pardà i ve vido num kasten, i forsèt, induvan in mi siavi ploje! Da v' so u strani zoc, siurim! Ba tal se strani odia."

Punti davos, ce orì ekwa placan aròn ne dal in de plud, id ce snivì do za po vizo wa je sì: prim ce menì te je doʒì so u mors o u hipopotam; ba dapòs ce rumenì kim ce sì miki num, id ce bestalì beprù te je sì solem u mus we avì slipen in, wim ce som.

"Sev je verim uzi, num," menì Alisa, "voko a di mus? Tal se sa ansiudi zi benìz, te he se ʒe versemim abli voko; in eni kaz, je ste nun dam probo." Idsim ce inizì: "Oh Mus, kon vu de vaj us di plud? I se mol tan snivo tra ja, Oh Mus!" (Alisa menì te je doʒì so de regi mod voko a u mus: ce avì nevos voken sim dafòr, ba ce rumenì avo vizen in de Latini Gramatik ci frati: "u mus—u musi—a u mus—u mus—oh mus!") De mus gladì ca inkestim, id semì co bliko un od hi miki oje, ba dezì nit.

"Mojse he incèp ne Uropi," Alisa menì, "i wad he s' u Franci mus, travenen ki Wilem de Kovaldor." (Par, ki tal ci konad històri, Alisa avì ne mol klar ideas ov ka longim eniwà avì usvenen for.) Sim ce inizì revos: *"Où est ma chatte?"*, wa sì de pri fraz in ci Franci leribib. De mus detì u plozi sprit us de vod, id tal hi korp semì tremo od fraj. "Oh, perdave ma!" usklajì Alisa, frajan te ce avì damen de felade de pavri besti. "I oblasì talim te vu gus ne kate."

"Gus ne kate!" de Mus usklajì ki u skrili furic voc. "Id *tu*, gusev tu kate, is tu sev i?"

"Voj, mojse ne," dezì Alisa in u kopacan tun; "se ne irgen ov ja. Pur i zelev mozo diko to ni kata Dina: i men vu inkerivev ki kate is solem vu mozev vizo ca. Ce se sa meli id tici," Alisa proitì voko, mij co som, snivan lenzim in de plud, "id ce sed nuronan sa netim bezàt de foj, lican siu pate id lavan siu fas; id ce se sa swaj id sovi a kerìco; id ce s' uslivan po cepo muse— oh! Perdave ma!" usklajì Alisa revos, par di vos de Mus hirsì tal siu fur, id ci sì siuri te he sì num verim invunen. "Nu ve nemaj kovoko ov ca is vu digùs ja."

"Nu indèt!" usklajì de Mus, we sì treman tis de kip hi koji. "Wim is i som volev kovoko ov u sul subjèt! Ni famìl av talvos *haisen* kate: da mali, huri, vulgari zoce! Las i or da nom nemaj!"

"I v' ne ʒe deto ja!" Alisa dezì, in gren hast po meto de tema kovoki. "Gus vu—fram vu—kune?" De Mus ruvokì ne, idsim Alisa proitì antolsam: "Je ste u sa neti miki kun ner ni has te i gusev diko ha vo! Viz, he s' u miki brij-oji volsikun ki, oh, sa longi loki bran vile! Id he per ru zoce wen un bas, id he sed op po prago jedad, id he det samole vari trike te i moz ne rumeno de mijad dizis. Id, vu zav, he potèn a u farmor, we dez te di kun se sa uzi te he valt u suntad Euròs! He dez te he tud tale de rate id—oh waj!" usklajì Alisa in u grumi tun, "I fraj i av invunen ha revos!" Par de Mus sì snivan ap od ca, os spel te mozli, id kreatan u veriki torm in de plud.

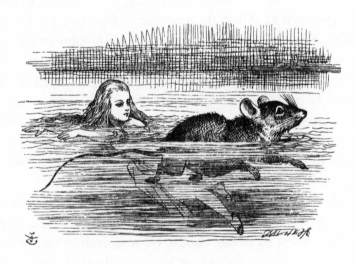

Sim Alisa calì ha sovim: "Mol keri Mus! Prijim vene ru, id nu ve nemaj voko ov kate o kune, is vu gus ne la!" Wan de Mus orì di, he voltì sia id snivì ru lanim do ca; hi fas sì mol blic (od inmuvad, Alisa menì), id he dezì ki u lais id treman voc: "Item a de ber, id pos i ve retalo to mi històr, id tu v' incepo parkà i hais kate id kune."

Je sì ʒe tem po ito ap, par de plud sì vidan polnen ki d' ovle id beste we avì falen in ja: je stì un And id u Dodò, u Lorin id un Arlit, id vari alten strani kreatene. Alisa oprì de vaj, id de tali trup snivì do de ber.

U komìcen ren
id u longikoji retàl

e sì verim u stranisemi grup we insamì su de ber—de ovle ki disgopan pede, beste ki fure kleven su li korpe, id tale trumujen tis kose, pejlumi id ankomforti.

Naturim de pri kest sì kim sorivo revos: lu avì u travokad ov da, id pos eke minute, je semì talim naturi a Alisa blato familicim ki la, wim is ce avev konen la tal ci ʒiv. Indèt ce avì u longi disvokad ki de Lorin, we fendim vidì smuti, volan solem dezo "I se maj seni te tu, sim i doʒ zavo bunes." Ba Alisa volì ne acepo da ane zavo hi ald, id, wim de Lorin apnegì apsolutim dezo hi ald, je stì nit maj a dezo.

Befènd de Mus, we semì avo autoritad su la, klajì ludim "Sede niz, vu tale, id skuce ma! I som ve sorizo va spelim!" Lu tale sedì niz suprù, in u lati kirk, ki de Mus bemìd. Alisa spekì ha fistim id anticim, par ce felì sia siuri te ce cepev u pej infrijad is ce videv ne sori mol pru.

"Hem!" dezì de Mus ki u vezi usvìz. "Se vu tale predi? Di se de maj sori zoc wen i kon. Silad tal aròn, prijim! 'Wilem de

Kovaldor, we avì de favòr de papsi, becepì beprù de udesetad Englinis, we nudì dutore, id avì dod ek tem siudiven a uzigrabade id kovalde. Edwin id Morkar, de grefe od Mersia id Nordumbria—'"

"Fuh!" dezì de Lorin trisan.

"Uskulpe!" dezì de Mus mol korticim, ba riklan brove. "Dezì vu ekwa?"

"I ʒe ne!" ruvokì de Lorin hastim.

"I kredì oro va," dezì de Mus. "I proìt. 'Edwin id Morkar, de grefe od Mersia id Nordumbria, deklarì sia po ha; id oʒe Stigand, de patriasti arkibiskòp od Kanterberi, findì ja koradli—'"

"Findì *ka?*" pragì de And.

"Findì *ja*," ruvokí de Mus in u priʒe pej lum: "naturim vu zav wa 'ja' sin."

"I zav ʒe bun wa 'ja' sin, wan i som find ekwa," dezì de And: "Je se generalim u groc o u verm. De kest se, ka findì de arkibiskòp?"

De Mus prosemì avo ne oren di kest, id proitì hastim, "'—findì ja koradli, ito ki Edgar Atheling po kogono Wilem id provìto ho de kron. Prim de bedutad Wilemi sì midimezi. Ba de drestij hi Normànis—' Kim fel tu ta num, keri ʒika?" he dezì, viran sia do Alisa.

"Os mujen te evos," dezì Alisa in u melankolic tun: "je sem talim ne sorizo ma."

"In di kaz," dezì holtemim de Dodò, stan oprèg, "I probàs te de insamad vid posperen po de anmidi adoptad maj energic medlis—"

"Vok u slimi linga!" dezì de Arlit. "I incèp ne de mijad da longi vordis, idmàj, i men te tu os incèp ne la!" Id de Arlit bojì niz hi keb po celo u smij; eke alten ovle rikì orlim.

"Wa i sì po dezo," dezì de Dodò in un invunen tun, "sì te de bunes zoc po sorizo na sev u komìcen ren."

"Ka se ʒe u komìcen ren?" Alisa pragì; ne te ce volì verim zavo ja, ba de Dodò avì halten, wim is he menev te *ekun* doʒev voko, ba nekun semì volo dezo eniwa.

"Voj," dezì de Dodò, "de bunes mod usklaro ja se deto ja." (Id, wim vu som mojev volo probo ja, be ek vimu dia, i ve retalo vo wim de Dodò organizì ja.)

Prim, he trasì de limìte u renitraki, in u sort kirki ("de punti form vez ne," he dezì), pos tal de trup vidì plasen alòng de trak, zi id za. Je stì ne "Un, du, tri, ap!" ba jakun inizì reno wan he volì id stopì wan he volì, simte je sì ne lezi zavo kan de ren sì fenden. Pur, wan lu avì renen beròn u mij hor, id lu sì ʒe sori revos, de Dodò klaʒì plozim "De ren se fenden!", id lu tale grupì aròn ha, hafan, id pragan "Ba ke av vingen?"

A di kest, de Dodò mozì ne ruvoko ane mol tramenad, id he stì longim, ki u dig presen su hi forn (de postàd in wen un siud vizo Shakespeare su de pictene prodikan ha), trawàn de altene sì vartan in silad. Fendim de Dodò avokì "*Talun* av vingen, id *tale* doʒ avo prize."

"Ba ke ve davo de prize?" de altene pragì in kor.

"Voj, *ce*, naturim," dezì de Dodò, dikan Alisa digim; id de tali trup insamì aròn ca suprù, disklajan glamim "Prize! Prize!"

Alisa avì nun idea ov ka deto, id in dispèr ce setì ci mand in ci pok, id nemì us u bok sukrinosis (felicim, de salti vod avì ne priniten in ja), id disdavì la aròn wim prize. Je stì puntim un po jakun.

"Ba ce som doʒ avo os u priz, vu zav," dezì de Mus.

"Naturim," ruvokì de Dodò mol gravim. "Ka alten av tu in ti pok?" he proitì, viran sia do Alisa.

"Solem u digèl," ce ruvokì tristim.

"Dav ja mo," dezì de Dodò.

Revos, lu tale grupivì aròn ca, trawàn de Dodò prosetì holtemim de digèl, dezan "Nu vit va bunvolim acepo di eleganti digèl"; id, wan he avì fenden di kurti vokad, lu tale aklajì id aplodì.

Alisa findì tal da mol apsurdi, ba lu tale usvizì sa serios te ce vozì ne laro; id wim ce findì nit a dezo, ce bojì sia slim id nemì de digèl, usvizan os holtemi te mozli.

Dapòs, lu dozì jedo de sukrinòse, wa kozì mol rum id komicad, par de gren ovle klamì te lu mozì ne begusto lìas, id de miki ovle stufì, simte un dozì tapo su li ruk. Pur, befènd tal sì in ord, lu sedì niz revos in kirk, id vitì de Mus retalo lo ekwa alten.

"Vu prodezì retalo mo vi storij, rumèn vu?" dezì Alisa, "Id parkà vu hais Ka— id Ku—," ce ajutì cucim, mij frajan invuno ha revos.

"Je s'u longi id tristi storij—u longikoji retàl!" dezì de Mus viran sia do Alisa, id sofan.

"Je se *verim* u longi koj," dezì Alisa, gladan stonen de koj de Musi; "ba parkà find vu ja tristi?" Id trawàn de Mus sì vokan, ce proitì kesto sia ov da, simte ci idea ov de retàl sì ekwa wim di:—

"Furij vizì
u Mus In
has, id calì
ha: 'Item
a ʒudi-
kort: I
vol pro-
seso *ta*.—
Tu moz
ne apne-
go: De
prosès
v' avo sta,
Par odia,
i dez to,
I av ʒe
nit a
deto.'
De mus
dezì a d'
kunit:
'U sul
prosès,
mi sior,
An' curij
nè ʒu-
dor, I
fraj ve
valto
nit.'
'I v'
so
ʒudor
id cu-
rij,'
Dezì
lusi
Furij,
Fury;
'Som
i v'
pro-
seso
ta,
a
mor
per-
ʒudo
ta.'

26

"Tu s' ne atensi!" dezì de Mus a Alisa, strigim. "Ov ka se tu menan?"

"I vit va perdavo ma," dezì Alisa mol udenizim: "vu avì avenen a de pini kurv, ne veri?"

"Talim ne!" usklajì de Mus, bruskim id furicim. "Oʒe ne jok a de *nod* mi storiji!"

"U nod!" dezì Alisa, talvos predi eldo, id gladan aròn anticim. "Oh, lase ma eldo va dinodo ja!"

"Nevos in mi ʒiv," ruvokì de Mus stan op id vadan ap. "Tu inrùd ma dezan sule ansinide!"

"I detì ne ja intelim!" pledì pavri Alisa. "Ba vu vid sa lezim invunen, vu zav!"

In ruvòk de Mus solem grunì.

"Prijim ruvene, id fende vi storij!" klajì Alisa. Id tale altene ajutì in kor "Aj, prijim ruvene!" Ba de Mus solem skutì hi keb antolsam, id vadì u poj maj spelim.

"Ka dam he volì ne stajo!" dezì de Lorin sofan, osprù te he avì disvanen. Id u seni Kraba nemì de uskàz po dezo a ci dota "Ah, mi kerina! Las di se u lesiòn dictan to nevos inirgo!"

"Ten ti linga, Ma!" dezì de jun Kraba, u poj bruskim. "Tu som detev un oster perlaso tolsad!"

"I zelev ʒe avo Dina ki ma!" dezì Alisa ludim, avokan a nekun partikulim. "Ce aperev ha ru spelim!"

"Id ke se Dina, is i moz risko prago di kest? Dezì de Lorin.

Alisa ruvokì ʒe volim, par ce sì talvos predi voko ov ci favòri best: "Dina se ni kata. Id ce se anbitli po cepo muse, vu moz ne imaʒino! Id oh, vu doʒev vizo ca ki d' ovle! Voj, ce glut u miki ovel in nun tem!"

Di voke kozì u gren sensasiòn tramìd de grup. Eke ovle flevì ap suprù; u seni Pikàs inizì volpo sia mol cerim, rumarkan "I doʒ verim ito ru dom; de noci al ve damo mi gol!" Id u Kanarin klajì a hi mike in u treman voc, "Item ap, kerine! Je se ʒe tem po ito a led!" Ki vari skuze lu tale itì ap, id beprù Alisa stajì solen.

"Kim i ruplòj avo tranomen Dina!" ce dezì sio in u melankolic tun. "Nekun zi sem guso ca, ba i se siuri te ce s' de bunes kat in mold! Oh, mi keri Dina! I prag mo is i ve evos revizo ta!" Davos pavri Alisa inizì plojo revos, par ce felì sia mol solen id uskarʒaden. Pos kurtim pur, ce orì revos u roit stapis bedàl, id ce gladì op invartim, mij speran te de Mus avì meten menad, id sì ruvenan po fendo hi storij.

K A P I T E L   I V

De Konìl send in u miki Bill

Je sì de Bij Konìl trotan ru lanim id gladan aròn anticim wim is he avev perlasen ekwa; Alisa orì ha murmuro sio "De Duka! De Duka! Oh mi keri patite! Oh mi fur id mustace! Ce ve deto ma eksekuten, os siuri te furete se furete! Ko av i ʒe mozen laso la falo, i prag mo?" Alisa gedì suprù te he sì cekan de van id de par bij kaditipeli gandis, id ce inizì bunkarʒim ceko la aròn, ba nekia ce mozì vizo la. Tal semì avo meten dod ci ban in de plud; id de gren hal ki de glasi tab id de miki dor avì kopolem disvanen.

Beprù de Konìl bemarkì Alisa tracekan talia, id calì ca in un irgi tun, "Voj, Mari-Ana, ka se vu detan zi? Rene a dom anmidim, id apere mo u par gandis id u van! Spel ʒe!" Id Alisa vidì sa afrajen te ce renì ap anmidim in de doregad wen he indikì, ane probo usklaro te he avì iren.

"He nemì ma po hi serva," ce dezì sio renan. "Ka suprizen he ve so wan he ve zavo ke i se! Ba je sev bunes apero ho hi van id gande; da se, is i moz findo la." Dezan da, ce avenì pro u ceren miki hasit, su wej dor sì u brij kupri plak ki de nom "B. KONÌL" ingraven su ja. Ce itì in ane toko, id hastì op de skalia, mol frajan kogono de veri Mari-Ana, id vido jeten us de has for avo finden de van id gande.

"Ka strani je sem," Alisa dezì sio, "vido inkargen pa u konìl! Pos da, i forsèt te Dina ve sendo ma deto inkarge!" Id ce inizì imajino wa usvenev: "'Damita Alisa! Vene zi direktim vesto va po ito pasìto!' 'I ven in u minùt, nana! Ba i doj suvizo di musipòr tis Dina ruvèn, po perveno de mus ito us.' Solem i kred ne," proìti Alisa, "te un lasev Dina stajo in de has is ce inizev davo sule ordeze!"

Num ce avì avenen in u bunorden miki kamar ki u tab pro de fent, id su ja (wim ce avì speren) sì u van id du o tri pare bij kaditipeli gandis: ce nemì op de van id u par gandis, id sì puntim po laso de kamar, wan ci glad falì su u flak ner de mirèl. Di vos je stì nun stikel ki de vorde "PIV MA", pur ce ditopì ja id perì ja a ci libe. "I zav te *ekwa* interesan ve siurim usveno," ce dezì sio, "jakivos i jed o piv ekwa: sim i ve ze vizo wa di flak ve deto. Sperim ze je ve deto ma grenivo revos, par i se verim tan so u sa mini zoc!"

Sim indèt je detì, id mol maj pru te ce invartì: for avo piven de mij butèl, ce findì ci keb presan gon de subia, id dojì sia bojo po ne breko ci kol. Hastim ce setì niz de flak, dezan sio "Sim je sat—I sper i ve nemaj grenivo—Wim i se num, i moz ne ito us tru de dor—Kim i ruplòj avo samòl piven!"

Laj! Je sì tio posen po vuco da! Ce proìti greso id greso, id beprù ce dojì kenijo su de plor: u minùt dapòs je stì oze nemaj spas po da, id ce probì lezo niz ki un alkòd gon de dor, id ci alten ram inrolen aròn ci keb. Pur ce proìti greso, id wim u posni sluz, ce setì u ram us de fent, id u pod op de kamin, id dezì sio "Num i moz deto nit maj, enikà usvèn. Ka ve i ze vido?"

Felicim po Alisa, de miki majiki flak avì produten ji tali efèkt, id ce stopì greso: je sì pur mol ankomforti, id, wim ce semì ne avo de mines cans po mozo ito us evos, ansuprizim ce felì sia waji.

"Je sì mol prijan be dom," menì pavri Alisa, "wan un grenivì ne id mikivì ne tal tem, id vidì ne ordezen pa muse id konile. I ruplòj nerim avo iten niz da konilipòr—id pur—id pur—je se priʒe strani, vu zav, di sort ʒivi! I prag mo ka av ʒe mozen usveno mo! Wan foram i lisì fejusage, i imaʒinì te di sort zoci uspasì nevos, id num i se zi bemìd un! Un doʒev skrivo u bib ov ma, siurim! Wan i ve so gresen, i ve skrivo un—ba i av ʒe gresen num," ce ajutì ki u grumi voc; "eniwim, je ste nemaj plas po greso *zi*."

"Ba sim," menì Alisa, "ve i *nevos* vido maj seni te num? Unzatim, je sev ticizan—nevos so u seni ʒina—ba sim—talvos avo lesione a lero! Oh, i gusev talim ne *da*!"

"Oh, ka stupi tu se Alisa!" ce ruvokì sio. "Kim mozev tu lero lesione zi? Voj, je ste nerim ne plas po ta, id talim ne plas po eni leribibe!"

Id ce proitì sim, dezan keste id ruvoke, detan solen u veri kovòk; ba pos eke minute ce orì u voc usia, id silì po skuco.

"Mari-Ana! Mari-Ana!" dezì de voc. "Apere mi gande anmidim!" Pos ce orì u miki roìt stapis op de skalia. Alisa

incepì te je sì de Konìl venan ceko ca, id ce tremì samòl te ce
skutì tal de has, ʒe oblasan te ce sì num nerim tilie vose grenes
te de Konìl, id avì nun motìv po frajo ha.

Beprù de Konìl avenì a de dor, id probì opro ja; ba, wim de
dor oprì do inia, id de alkòd Alisu sì kratim presen gon ja, da
prob fajì. Alisa orì ha dezo sio "Sim, i v' ìto aròn id stepo in
tru de fent."

"*Da* tu v' ne mozo!" menì Alisa, id, pos avo varten de
momènt wan ce kredì oro de Konìl puntim ude de fent, plozim
ce tensì us ci mand, wim po grabo ekwa. Ce cepì ʒe nit, ba orì
u miki krij id u fal, id u glam breken glasi, od wen ce kokluzì
te de Konìl avì mojse falen in u glasikram po gurke o ekwa
sim.

Pos zonì un irgen voc—de Konili—"Pat! Pat! Ko se tu?" Id pos u voc wen ce avì nevos oren dafòr, "Siurim, i se zi! Gravan op aple, vi honòr!"

"Gravan op aple, verim?" dezì de Konìl irgim. "Ven zi! Id eld ma ito us *di*!" (Alten rume breken glasi.)

"Num, dez mo, Pat, ka s' da in de fent?"

"Siurim, je s' u ram, vi honòr!" (He usvokì ja "rahm".)

"U ram, stupi gos! Ke av za vizen u ram os gren te da? Voj, je polne tal de fent!"

"Siurim je s' veri, vi honòr: ba je s' u ram ozepùr."

"Bun, je av nit a deto za: it nemo ja ap!"

Dapòs je stì u longi silad, id Alisa mozì solem oro cucade od tem a tem; wim: "Siurim, i gus ne da, vi honòr, talim ne; talim ne!" "Det wa i dez to, kovàrd!" Fendim, Alisa tensì us ci mand revos in u lati gest po cepo ekwa. Di vos je stì *du* miki krije id alten rume breken glasi. "Kamole gurki glasikrame lu av ze!" menì Alisa. "I prag mo ka lu ve deto num! Ov trajo ma us de fent, i solem vuc te lu *mozev* deto ja! I se siuri, i zel ne stajo zi maj longim!"

Ce vartì u momènt oran ze nit; fendim venì de gromad miki role kareli, id de zon mole vocis vokan tale sam. Ce mozì dissigo de vorde: "Ko se d' alten skal?—Voj, i dozì apero solem un; Bill av d' alten—Bill! Apèr ja zi, gas!—Zi, sete la op be di kant—Ne, taje la sam prim; lu atòg ne jok de mij holad—Oh, je v' ito bun sim. Se ne tio uspragan—Ten, Bill! Cep ze di kord!—Ve de tag pero ti vez?—Pocère da luzen slis!—Oh, je se slizan niz! Pocère vi kebe!" (U lud kracad.) "Num, ke detì da?—Je sì Bill, i men—Ke ve ito niz in de kaminel?—Ne, i vol ne! It ze, *tu*!—*Da* i v' ne deto!—Bill doz ito niz—Or tu Bill? De mastor dez, tu doz klimo niz de kaminel!"

"Oh, sim Bill doz klimo niz de kaminel, ne veri?" dezì sio Alisa. "Voj, lu sem inkargo Bill ki tal! Po nit in mold, i volev ze ne so in hi plas: di kamin se strit, siurim; ba i men ozepùr te i moz davo u bun podad!"

Ce rutrajì ci pod niz de kaminitub os dal te ce mozì, id vartì tis ce orì u miki best (ce mozì ne gedo ka sort besti je sì) skratan aròn id gripan de kaminitub puntim sube ca; davos, dezan sio "Di se Bill," ce davì u gren bruski podad id vartì po oro wa usvenev.

Prim ce orì mole voce usklajan in kor: "Ap flev Bill!" Pos de voc de Konili solen— "Cepe ha, vu ner de hag!" Pos u silad, id pos un alten komicad vocis—"Tene op hi keb— Brenivod num—Astufe ne ha—Kim itì je, seni man? Ka uspasì ʒe to? Retàl ja no!"

Fendim u miki, flabi, krisi voc vidì oren ("Da se Bill," menì Alisa), "Voj, i zav ne bun—Nemaj, daske; i fel ma bunes num—ba i se mol tio distruben po retalo vo—tal wa i zav se te ekwa venì op su ma wim u diavel us de kist, id op i flev wim u roket!"

"Sim tu detì ʒe, seni man!" dezì de altene.

"Nu ve doʒo breno de has! Dezì de voc de Konili. Id Alisa klajì, os lud te ce mozì, "Is vu det da, i ve baso Dina pos va!"

Je stì suprù u silad mori, id Alisa menì "I prag mo ka lu *intèl* deto num! Is lu avev u poj komùn sens, lu nemev ap de tag." Pos u minùt o du, lu reinizì muvo, id Alisa orì de Konìl dezo "U polen karirol ve sato, po inìzo."

"U karirol polen ki *ka*?" menì Alisa. Ba ce stajì ne longim in dub, par u momènt dapòs u gral miki kamis falì groman tru de fent id eke od la plagì ca in fas. "I ve stopo di," ce dezì sio id klajì us "Bunes te vu redèt ne da!" wa produtì un alten silad mori.

Alisa bemarkì, ekwim suprizen, te de kame, wan lu falì su de plor, vidì tale traformen in pekite, id u brij idea venì co in ment. "Is i jed un od da peke," ce menì, "je ve siurim meto mi altid; id wim deto ma jok grenes se anmozli, je v' andubim deto ma mikies, i forsèt."

Sim ce glutì un od de peke, id sì ravizen bestalo te ce inizì mikivo anmidim. Osprù te ce vidì sat miki po ito tru de dor, ce renì us de has id findì u tali trob miki bestis id ovlis vartan usia. Bill, de pavri miki Lazàrt, sì bemìd, superen pa du indiswine davan ho u fluid od u flak. Lu tale racì do Alisa osprù te ce asemì, ba ce renì ap os spel te mozli, id befindì beprù savi in u dic fost.

"De pri zoc a deto," dezì sio Alisa, valgan zi id za in de fost, "se findo ru mi normal altid; de duj se findo de vaj dutan a da lovi gardin. I men te di se de bunes plan."

Andubim je semì un uslivan plan, obe slimi id procizi: de uni anlezid sì te Alisa avì ne de mines idea ov kim usduto ja; id, trawàn ce sì spekan anticim tramìd de dreve, u bruski miki baw puntim sube ci keb, detì ca glado op mol hastim.

Un enormi kunìt sì gladan ca niz ki gren ron oje, tensan us u pat cojim proban togo ca. "Pavri miki best" ce dezì in u kerican voc, id ce sforì ʒe mol po sfiso ho; ba ce sì stragim frajan be som tem te he mojev so fami, par in da kaz, he avev siurim mozen jedo ca obte tale ci koswajade.

Pen zavan ka ce detì, ce nemì op u miki pez stiki id tensì ja
ho; davos de kunit spritì op in al ki hi kwer pate sam, japan
od prijad, id racì su de stik, proseman dispezo ja; davos Alisa
slizì ap berù u gren diskòl po apìto vido udevirten; ba osprù te
ce asemì be d' alten zat de diskoli, de kunit racì revos do de
stik, id falì pate sube keb in hi hast po grabo ja; pos Alisa,
avan de inprès jego ki u trajikwàl, id invartan be jaki momènt
vido trepen ude hi pode, slizì revos berù de diskòl. Davos de
kunit inizì u serij kurti atakis gon de stik, renan pro ʒe poj
jakivos, id renan ru ʒe mol, tal tem bawan horkim, tis befènd
he sedì niz priʒe mol dal, hafan, ki ling vangan us hi muk, id
hi gren oje mij kluzen.

Di semì a Alisa u bun uskàz po usfligo; sim ce hasti ap suprù, id renì tis ce vidi ustanen id us fles, id tis de bawad de kuniti zonì ʒe flabi be dal.

"Id pur ka lovi miki kunit je sì!" dezì Alisa klinan gon u gorikup po reso, id sia vanan ki un od de fole. "I avev gusen ʒe mol dicto ho trike, is —is solem i avev sen be de regi altid po da! Oh waj! I avì nerim oblasen te i doʒ greso op revos! Vizem ʒe—Kim ve i deto ja? I forsèt te i doʒev jedo o pivo ekwa; ba de gren kest se 'Ka?'"

De gren kest sì siurim "Ka?" Alisa gladì tal aròn ca de flore id grazistibe, ba ce mozì vizo nit somivan a de regi zoc a jedo o pivo in de kirkistàde. Je stì u gren cump ner ca, beròn de som altid te ce; id, wan ce avì gladen ude ja, berù ja id be obe zate, je venì co in ment te ce mozev os glado wa je stì su de cump.

Ce opregì sia su podikipe, id glizì sube de ber de cumpu, id ci oje kogonì anmidim daze u magi blu rupu, sedan ki krosen rame, fuman ticim u longi vodipipa, ane davo de mines atensad a Alisa o eniwa alten.

Korade od u Rupa

De Rupa id Alisa gladì unaltem u momènt in silad: befènd de Rupa nemì de vodipipa us hi muk, id avokì co in u tanic, sopic voc.

"Ke se *tu?*" pragì de Rupa.

Di sì ne mol inkarʒan po inizo u kovòk. Alisa ruvokì, priʒe cojim, "I—i zav ne verim, mi Sior, puntim num—bemìn i zav ke i *sì* wan i livì ma di morna, ba i men, te i doʒì vido meten vari vose dod davos."

"Ka vol tu dezo ki da?" pragì de Rupa in u strig tun, "Usklàr ta!"

"I fraj, i moz ne usklaro *ma*, mi Sior," dezì Alisa, "par i se ne *ma* som, vu viz."

"I viz ne," dezì de Rupa.

"I fraj, i moz ne dezo ja maj klarim," ruvokì Alisa mol korticim, "par i som moz ne incepo ja, po inìzo; id je se mol pertruban meto altide samole vose."

"Ne, je s' ne," dezì de Rupa.

"Voj, mojse vu av ne felen ja tis num," dezì Alisa; "ba wan vu ve traformo va in krisalid—je ve usveno vo un dia, vu zav—id dapòs in u fafil, i men, je ve semo vo u poj strani, ne veri?"

"Talim ne," dezì de Rupa.

"Voj, mojse *vi* felade se disemi," dezì Alisa: "tal wa i zav se te je semev mol strani ʒe mo."

"To!" dezì de Rupa nizprizim. "Ke se ʒe tu?"

Wa perì la ru a d' inìz de kovoki. Alisa, u poj inirgen pa tale da mol kurti rumarke de Rupu, opregì sia ki tal ci altid, id dezì mol gravim, "I men te vu dozev prim dezo mo ke vu se."

"Parkà?" dezì de Rupa.

Da sì un alten mol intruban kest; id, wim Alisa mozì ne findo eni bun parsad, id wim de Rupa semì so in u mol anprijan lum, ce voltì sia id itì ap.

"Ruvèn!" klajì co de Rupa. "I av ekwa vezi a dezo to!"

Di semì siurim prodezipolen. Alisa voltì sia id ruvenì.

"Staj kalmi," dezì de Rupa.

"Se di tal?" pragì Alisa, glutan ru ci irgad os bun te mozli.

"Ne," ruvokì de Rupa.

Alisa menì te ce mozev os bun varto wim ce avì nit alten a deto, id mojse pos tal de Rupa dezev co ekwa orivalti. Trawàn eke minute he fumì pro ane voko; ba fendim he dikrosì hi rame, nemì de vodipipa us hi muk revos, "Sim, tu kred, tu se meten, ne veri?"

"I fraj te aj, Sior," dezì Alisa. "I moz ne rumeno zoce wim dafòr—id i moz ne garo de som altid trawàn des minute!"

"Moz ne rumeno *ka* zoce?" dezì de Rupa.

"Voj, i av proben rezìto '*Glad de miki beja*', ba je venì mo tal disemi!" ruvokì Alisa ki u mol melankolic voc.

"Rezìt '*Vu se seni, Pater William*'," dezì de Rupa.

Alisa jutì ci mande, id inizì:—

"Vu se seni, Pater William," de jun man dez,
  "Vi kevile av viden bij;
Id pur tal tem vu ste su keb ki tal vi vez—
  Be vi ald, se je razonli?"

"In mi junad," Pater William ho ruvòk di,
  "I frajì sim mi cern damo;
Ba num i zav, nun cern i av, je se siuri,
  Evos, revos, i v' ja deto."

"Vu se seni," de jun usklàj, "i redèz ja,
Vu av viden ustrim ze gros;
Pur tru de dor vu rolisprìt ru tis inia—
Se de parsad ze mol serios?"

"In mi junad," de visan skut hi gris loke,
"I progarì vic mi mimbe,
Uzan di ungikrem—in bunkopi boke—
Moz i vendo to da obe?"

"Vu se seni, id ʒe flabi vi givle se
  Po eniwa dares te dip;
Pur vu jedì u gos ki hi bek id kose—
  Id ki u suprìzan lezid!"

"In mi junad," dez hi pater; "jur, i studì,
  Debatì tal ki mi maʒa;
De muskli krat in mi givle je disvolpì,
  We se jok duran tis odia."

"Vu se seni, id sim un mozev forseto
Te vi oje vid anfedli;
Pur un agel be kip vi nasi vu det sto—
Ka 'v ze deten va sa vikli?"

"I ruvokì a tri keste, id sat je se,"
Dez de pater. "Se ne brali!
Kred tu, i ve skuco tal dia sule zoce?
It ap, o i pod ta us zi!"

"Je se talim ne sim," dezì de Rupa.

"*Ne talim* sim, i fraj," dezì Alisa cojim: "eke vorde vidì meten."

"Je se falsi od inìz a fend," dezì de Rupa, becizim; pos je stì u silad eke minutis.

De Rupa sì de pri a voko.

"Ka altid vol tu so?"" he pragì.

"Oh, i vol ne u partikuli altid," Alisa ruvokì hastim; "solem wa i gus ne, se meto ja sa molvos, vu zav"

"Ne, i zav *ne*," dezì de Rupa.

Alisa dezì nit: ce avì nevos viden samòl gondezen in tal ci ʒiv, id ce felì te ce sì vidan irgen.

"Se tu satizen ki ti prosàn altid?" pragì de Rupa.

"Voj, i volev so u *poj* grenes, mi Sior, is je trub ne va," dezì Alisa: "oc centimetre se ʒe pavrim miki!"

"Je se verim u mol bun altid!" ruvokì de Rupa irgim, opregan sia osmòl te he mozì (he sì puntim oc centimetre alti).

"Ba i s' ne siuden a da!" dezì pavri Alisa in u kopainic tun, wim po uskulpo sia. Id ce menì "I volev ʒe te da kreatene videv ne sa lezim invunen!"

"Ki tem tu ve siudivo jo," dezì de Rupa; id he setì de vodipipa in hi muk id inizì fumo revos.

Di vos Alisa vartì tolsam tis he becizì voko revos. Un od du minute dapòs, de Rupa nemì de vodipipa us hi muk, javì un o du vose id skutì sia. Pos he krepì niz de cump, id ap in graz, slim rumarkan su hi vaj ap, "Un zat ve deto ta grenivo, de alten zat ve deto ta mikivo."

"Un zat *kej*? De alten zat *kej*?" menì Alisa.

"De cumpi," dezì de Rupa, puntim wim is ce avav dezen ja ludim; id suprù he disvanì.

Alisa stajì spekan de cump tramenim u longi momènt, proban dissigo ko sì de du zate; ba, wim je sì perfetim ron, ce findì de kest mol anlezi. Nedamin, befènd ce tensì obe rame

45

aròn de cump os dal te ce mozì, id brekì u pez ap de ber ki jaki mand.

"Num kel se de regi?" ce dezì sio, krusitan u poj od de desti pez po vizo de efèkt. De momènt dapòs ce felì u violti plag ude ci kin: je avì stoten ci pod!

Ce sì ʒe stragen pa di mol plozi metad, ba ce incepì te je stì nun tem a perlaso, par ce sì mikivan spelim: sim ce intranemì suprù jedo u poj od de alten pez. Ci kin sì sa presen gon si pod te je stì pen plas po opro ci muk, ba befènd ce detì ja id ustelì gluto u frag de lifi pezi.

"Uf! Mi keb se lifri befènd!" dezì Alisa in u ravizen tun, we vidì be prù alarmen, wan ce bestalì te ce mozì findo ci spulde nekia: tal wa ce mozì vizo, gladan niz, sì un anmezim longi kol, we semì livo op wim u stib sube u mar glen folis leʒan dal ude ca.

"Ka se ʒe tal di glenad?" dezì Alisa. "Id ko av ʒe iten mi spulde? Id oh, mi pavri mande, parkà ʒe moz i ne vizo va?" Ce sì muvan la, wan ce sì vokan, ba ane resultad usim skuto lejim de dali glen fole.

Wim ce semì avo nun cans pero ci mande op a ci keb, ce probì pero ci keb niz do *la*, id sì ravizen findo te ci kol mozì vido lezim bojen in eni doregad, wim u siang. Ce avì pen ustelen kurvo ja niz in u grasi zigzàg, id sì po dupo intra de fole, wen, ce diskrovì, sì nit alten te de kibe de drevis ude wen ce avì vaden, wan un aki sfisad detì ca rutrajo sia hastim: u magi kolb avì fleven pro ci fas, id sì bitan ca violtim ki hi flele.

"Siang!" krijì de Kolb.

"I s' *ne* u siang!" dezì Alisa disirgen. "Lase ma in pac!"

"Siang, i dez revos!" redezì de Kolb, ba in u maj tici voc, id ajutì, ki u sort soji, "I av proben tal, ba nit sem satizo la!"

"I av ne de mines idea ov ka vu se vokan," dezì Alisa.

"I av proben drevirode, i av proben berikline, i av proben hage," proitì de Kolb ane atenso ca, "ba da siange! Nit sem satizo la!"

Alisa sì maj id maj pervirten, ba ce menì te je sì anuzi ajuto u vord for de Kolb avì fenden.

"Wim is je sev ne sat streni su ove," dezì de Kolb, "ba i doӡ idmàj suvizo siange, dia id noc! Voj, i av ne kluzen oje dod tri sedias!"

"I se ӡe dolan te vu av truble," dezì Alisa, we sì inìzan incepo ha.

"Id puntim wan i avì nemen de holes drev in de fost," proitì de Kolb, hi voc livan tis u krij, "id puntim wan i kredì so befènd lifrizen od la, zis lu, krepan niz od hel! Fuh! Mali siang!"

"Ba i se ne u siang, i redèz vo!" dezì Alisa. "I s'u—Is'u—"

"Voj, ka se vu?" pragì de Kolb. "I viz ӡe te vu se proban usmeno ekwa!"

"I—i s' u ӡikita," dezì Alisa, priӡe dubim, rumenan tale de metade wen ce avì usperen da dia.

"Kim je se versemi!" usklajì de Kolb, in u duvim nizprizan tun. "I av vizen ӡe mole ӡikitas in mi ӡiv, ba nevos un ki u sa longi kol! Ne, ne! Vu se u siang, anuzi nego ja. I forsèt, vu ve os dezo mo te vu av nevos gusten un ov!"

"I av gusten ove, siurim," ruvokì Alisa, we dezì talvos de verid; "ba, vu zav, ӡikitas jed osmole ove te siange."

"I kred ne ja," dezì de Kolb, "ba is lu det ja, sim ӡikitas se sorte siangis: di se tal wa i moz dezo."

Da sì u sa novi idea po Alisa, te ce stajì silan un o du minute, wa davì a de Kolb de uskàz ajuto "I zav ӡe te vu se cekan ove; id ka vez je mo is vu se u ӡikita o u siang?"

"Je vez *mo* ʒe mol," dezì Alisa hastim; "ba in fakt, i s' ne
cekan ove; id is je sev de kaz, i volev ne *vìas*: i gus ne la kruv."

"Voj, it ap, sim!" mumì de Kolb in u smuti tun, stalan sia
revos in hi nist. Alisa krupì niz intra de dreve, os bun te mozli,
par ci kol vidì proitim inpleten intra de raste, id od tem a tem
ce doʒì halto po uspleto ja. Pos u momènt ce rumenì te ce tenì
jok de peze cumpi in mande; davos ce inizì ci task mol
procerim, krusitan prim in u pez, pos in de alten, vidan ekvos
maj alti, ekvos maj miki, tis ce ustelì findo ru ci siudi altid.

Dod sa longim ce avì ne aneren di normal altid, te ce felì sia
mol strani prim; ba pos eke minute ce siudivì jo, id inizì voko
sio, wim siudim, "Voj, i av deten de mijad mi plani, num! Ka
pervirtan se tale da metade! Od un minùt a d' alten, i zav
nevos ka i ve vido! Eniwim i av finden ru mi regi altid: de nes
zoc a deto se ito in da bel gardin—*da*, i prag mo kim i ve deto
ja." Dezan da, ce avenì plozim in u klaria, wo stì u hasit beròn
un meter hol. "Enikè dom zi," menì Alisa, "je sev ne siedi
vizito la ki *di* altid: voj, lu morev od fraj, siurim!" Sim ce inizì
krusito revos de desti pez cumpi, id nemì ne de risk ito ner de
hasit for ce avì viden dudes centimetre alti.

KAPITEL VI

Swin id pep

Irawàn un o du minute, ce stajì spekan de has, id pragan sio ka deto dapòs, wan plozim u lakèj in livrea venì renan us de fost—(ce kospekì ha wim u lakèj par he sì in livrea; altem, ʒudan solem od hi fas, ce avev nomen ha u pic)—id plagì ludim su de dor ki hi nodle. Je vidì opren pa un alten uniformen lakèj, ki u ron fas, id magi oje wim u groc; id obe lakeje, Alisa bemarkì, avì li kebe kroven pa poven peruke, talim loki. Ce felì sia mol gurnovi po zavo ov ka je delì, id slizì u poj us de fost po skuco.

De Pic-Lakèj inizì ki nemo od ude hi ram u magi skrit, nerim os gren te ha som, pos tensì ja a de alten, dezan in u holtemi tun, "Po de Duka. Un invitad od de Raja po jego kroket." De Groc-Lakèj redezì, in de som holtemi tun, metan solem u poj de ord vordis, "Od de Raja. Un invitad po de Duka po jego kroket."

Pos obe bojì sia mol niz, id li loke intrapletì sam.

Da detì Alisa laro samòl te ce doʒì reno ru in de fost od fraj vido oren pa la; id wan ce glizì us dapòs, de Pic-Lakèj avì iten ap, id de alten sì sedan du bod ner de dor, staran op stupim in hel.

Alisa vadì cojim tis de dor, id tokì.

"Je se ʒe anuzi toko," dezì de Lakèj, "id da po du parsade. Prim par i se be de som zat de dori te tu: dujim, par lu se detan u sul glam inia, te nekun moz oro ta." Id andubim, u verim usordeni glam sì zonan inia—un anstopi julad id snicad intrakoten od tem a tem pa u gren kracad, wim is un avev fragen u plat o u kuvèl in peze.

"Prijim, sim," dezì Alisa, "Kim moz i ʒe ito in?"

"Ti tokad mojev avo u sin," proitì de Lakèj, ane atenso ci voke, "is nu avev de dor intra na. Po samp is tu sev *inia*, tu mojev toko, id i mozev laso ta ito us, tu zav." He sì spekan hel tal tem trawàn he sì vokan, wa Alisa findì perfetim ankortic. "Ba mojse he moz ne deto altem," ce dezì sio; "hi oje se sa ner de kib hi kebi. Ba eniwim he mozev ruvoko a keste.—Kim moz i ito in?" ce redezì ludim.

"I ve sedo zi," rumarkì de Lakèj, "tis domòr—"

Be da momènt de dor de hasi oprì, id u gren talar flizì us in al, prorèg do de keb de Lakèji: je ustrofì hi nas, id brekì in peze gon un od de dreve berù ha.

"—o posdomòr, mojse," he proitì in de som tun, puntim wim is nit avev uspasen.

"Kim moz i ito in?" pragì Alisa revos maj ludim.

"*Doʒ* tu verim ito in?" dezì de Lakèj. "Di se de pri kest a prago, tu zav."

Andubim je sì: slim Alisa gusì ne te un vokì co sim. "Je se verim stragi," ce murmurì sio, "de mod in wen tale da kreatene disvòk. Je sat po deto va mati!"

De Lakèj semì meno te da sì de regi momènt po redezo hi rumàrk, ki eke varizade. "I ve sedo zi," he dezì, "od tem a tem, trawàn dias id dias."

"Ba ka doʒ i som deto?" dezì Alisa.

"Eniwa tu vol," ruvokì de Lakèj, inizan sfiso.

"Oh, je s'anuzi voko ho," usklajì Alisa disperim: "he se perfetim idioti!" Sim ce oprì de dor id itì in.

De dor dutì a u magi kokia, we sì talim polen ki fum; de Duka sì sedan su u trigami stul bemìd, kulban u beb; de kokora, klinan sube de foj, rucan ekwa in u gren kuvar we semì polen ki sup.

"Je ste siurim tiomòl pep in da sup!" dezì sio Alisa os bun te ce mozì intra snice.

Je stì os siurim tiomòl pep in *al*. Oʒe de Duka snicì od tem a tem; id ov de beb, he snicì id bramì altenivim ane halto u momènt. De solen du kreatene in de kokia we snicì *ne*, sì de kokora id u gren kat leʒan pro de foja id smijan latim tis obe ore.

"Prijim, mozev vu dezo mo," dezì Alisa, u poj cojim, par ce sì ne talim siuri is bun manire pomozev co voko prim, "parkà se vi kat smijan sim?"

"He s'u kat od Cheshire, di se parkà." ruvokì de Duka. "Swin!"

Ce dezì da posni vord sa plozim id violtim te Alisa ustremì; ba de momènt dapòs, ce incepì te je vidì avoken a de beb, id ne co, pardà ce nemì karʒad, id proitì revos:

"I zavì ne te kate od Cheshire sì talvos smijan; in fakt i zavì ne te kate mozì smijo."

"Tale moz smijo," dezì de Duka; "id de majsan det ja."

"I kon ʒe nun we det ja," dezì Alisa mol korticim, felan sia prijen od avo inizen u kovòk.

"Tu zav ne mol," dezì de Duka; "di s'u fakt."

Alisa gusì talim ne de tun da rumarki, id menì te je sev bunes induto un alten tema kovoki. Trawàn ce sì proban findo un, de kokora nemì de kuvar supi ap de foj, id suprù inizì baso su de Duka id de beb, tal wa ce findì pro mand—prim de fojerne; pos slogì u liuvifàl kastrolis, talaris id platis. De Duka atensì ne la, oʒe wan lu plagì ca; id de beb sì julan samòl ʒa te je sì talim anmozli dezo is de plage adolì ha o ne.

"Oh, *prijim* pocere wa vu det!" klajì Alisa spritan op od pain id teròr. "Oh, di vos je s'hi *pavri* nasit!" ce usklajì wan u partikulim enormi kastròl flevì mol ner ja, id nerim perì ja ap.

"Is talun benemev sia ov siu dele," grunì de Duka horkim, "ter virtev mol maj spelim."

"Wa sev *ne* u prodèl," dezì Alisa, we sì mol glaj findo de uskàz usdiko ci konade. "Mene ʒe ov de disòrd wen je aperev a dia id noc! Vu viz, ter nud dudes-kwer hore po virto aròn ji hak—em—aks—"

"Vokan ov hake," dezì de Duka, "kote ʒe ap ci keb!"

Alisa glizì skurim do de kokora, po vizo is ce intelev usduto de ordèz; ba de kokora sì benemen a virto de sup id semì ne skuco, sim Alisa proitì: "Dudes-kwer hore, i *kred;* o se je desdù? I—"

"Oh, intrùb ne *ma* ki cifre!" dezì de Duka. "I av nevos mozen uspero cifre!" Davos ce inizì revos kulbo ci kid, santan somtemim u sort lalisanti, id skutan ha violtim be fend jaki versi:—

> "*Vok rugim a ti bobit,*
> *Id bit ha wan he snic:*
> *He gus ja wan he trubit,*
> *Par he se verim trizic!*"

KOR
(a wen jutì sia de kokora id de beb):—
"Hu! hu! hu!"

Trawàn de Duka sì santan de duj strof de santi, ce proitì trabalo de beb violtim op id niz, id de pavri miki san julì samòl te Alisa mozì pen oro de vorde:—

> *I vok strigim a mi bobit,*
> *I bit ha wen he snic;*
> *Par he inglàj de pepit*
> *We det ʒe ha mol felic!"*

KOR
"Hu! hu! hu!"

"Zas! Tu moz kulbo ha u poj, is tu vol!" dezì de Duka a Alisa, basan co de beb ki da voke. "I doʒ ito predizo ma po jego kroket ki de Raja," id ce hastì us de sal. De kokora basì co u fritipanel wan ce itì pas id pen misì ca.

Alisa cepì de beb ki anlezid, par he avì u strani form, id tensì us hi rame id game in tale doregade, "puntim wim u maristèl," menì Alisa. De pavri miki san sì grunan wim u vapimakin wan ce cepì ha, id stopì ne peldo sia id ustenso sia revos, simte, tal sumen, in de du pri minute, tal wa ce mozì deto sì teno ha.

Osprù te ce incepì de regi mod po kulbo ha (da sì virgo ha po mako u sort nodi, id pos teno ha fistim be hi desti or id lifi pod po perveno ha dinodo sia), ce perì ha us in opren al. "Is i nem ne ap di kid ki ma," menì Alisa, "lu ve siurim tudo ha in un o du dias. Sev je ne u murd aplaso ha?" Ce usvokì da posni vorde ludim, id de beb grunì in ruvòk (he avì stopen snico num). "Grun ne," dezì Alisa, "di s'ne u kosiedi mod uspreso sia."

De beb grunì revos; id Alisa gladì ha in fas mol skurim po vizo ka sì de problèm ki ha. Andubim hi mol opviren nas sì mol maj somi a u swinimuzel te a u veri nas; id os hi oje ustrim ʒe miki po u beb; tal sumen, Alisa gusì talim ne de usvìz da kreateni. "Ba mojse he sì solem plojan," ce menì id gladì revos in hi oje po vizo is je stev ploje.

Ne, je stì ne ploje. "Is tu vir ʒe ta in u swin, mi kerin," dezì Alisa seriosim, "i v'avo nit maj a deto ki ta. Atèns mi voke!" De pavri miki san sojì revos (o grunì, anmozli dezo de disemid), id obe provadì ek tem in silad.

Alisa sì puntim inìzan dezo sio, "Num, ka ve i deto ki da kreatena, wan i per ha a dom?" wan he grunì revos sa violtim te ce gladì niz in hi fas alarmen. Di vos un mozì *ne iro:* je sì verim id siurim u swin, id ce felì te je sev apsurdi pero ha ʒe pro.

Sim ce setì niz de miki kreaten, id felì sia ʒe aplejen vizo ha troto ap ticim id in de fost. "Is he avev gresen," ce dezì sio, "he avev viden u stragim huri kid; ba he ve so u prize bel swin, i kred." Id ce inizì meno ov de kide wen ce konì, we avev mojen vido mol lovi swine, id sì puntim dezan sio "is solem un zavev kim traformo la—" wan ce ustremì u poj vizan de Kat od Cheshire sedan su de rast u drevi eke metre ap ca.

De Kat smijì solem vizan Alisa. Ce menì te he semì bunnaturen, id pur he avì mol longi kroge id mole mole dante, sim ce felì te ce doʒì treto ha ki ruspèk.

"Katit od Cheshire," ce inizì prize cojim, par ce zavì talim ne is he gusev da nom: pur he solem smijì maj latim. "Item, tis num he se satizen," menì Alisa id proitì: "Volev vu dezo mo, prijim, kel vaj i doʒ ito ap zi?"

"Je odvàng ʒe mol od ko tu vol ito," dezì de Kat.

"Je vez ne mo ko—" dezì Alisa.

"Sim je vez ne kel vaj tu ve ito," dezì de Kat.

"—provizen te i avèn *ekia*," ajutì Alisa po usklaro.

"Oh, tu ve siurim deto da," dezì de Kat, "is tu vad sat longim."

Alisa felì te un mozì ne nego da, sim ce probì un alten kest. "Ka sort lientis dom beròn za?"

"In *di* doregad," dezì de Kat muvan hi desti pat, "dom u Kapor; id in *da* doregad;" he muvì hi lifi pat, "dom u Marsi Haz. Tu moz vizito eni od la; obe se mati."

"Ba i vol ne ito be mati liente," rumarkì Alisa.

"Oh, je s'anmozli apìto da," dezì de Kat: "zi nu se tale mati. I se mati. Tu se mati."

"Kim zav vu te i se mati?" pragì Alisa.

"Tu doʒ so," dezì de Kat, "altem tu avev ne venen zi."

Alisa menì te da pruvì talim nit; pur ce proitì: "Id kim zav vu te vu se mati?"

"Po inìzo," dezì de Kat, "u kun se ne mati. Kovèn tu?"

"Forsetim," dezì Alisa.

"Bun ʒe," proitì de Kat, "tu viz te u kun grom wan he se irgen, id veg hi koj wan he se glaj. Voj, i som grom wan i se glaj, id veg mi koj wan i se irgen. Sim i se mati."

"*I* nom da nurono id ne gromo," dezì Alisa.

"Nom ja wim tu vol," dezì de Kat. "Ve tu jego kroket ki de Raja odia?"

"I gusev ʒe mol," ruvokì Alisa, "ba i av ne jok viden inviten."

"Tu ve vizo ma za," dezì de Kat id disvanì.

Alisa sì ne mol suprizen ov da, ce avì ʒe siudiven a strani zoce usvenan. Trawàn ce sì jok spekan de sta wo sì de Kat, plozim he asemì revos.

"In pasan, ka av viden de beb?" pragì de Kat. "I avì nerim oblasen prago to."

"Je virì sia in u swin," ruvokì Alisa mol ticim, slim, wim is de Kat avev ruvenen in u naturi mod.

"Di ston ne ma," dezì de Kat id disvanì revos.

Alisa vartì u poj, mij speran revizo ha, ba he ruvenì ne, id pos un o du minute, ce vadì ap in de doregad wo, he avì dezen, domì de Marsi Haz. "I av ʒa vizen kapore," ce dezì sio: "de Marsi Haz ve so mol maj interesan, id mojse, wim nu se in Maj, he v' ne so rabic mati—bemìn ne os mati te he sì in Mars." Dezan da, ce gladì op, id za ce vizì de Kat revos, sedan su u drevirast.

"Dezì tu 'swin' o 'kwin'?" Pragì de Kat.

"I dezì 'swin'," ruvokì Alisa, "id i volev ʒe, vu proìt ne asemo id disvano sa plozim: vu det ma virbijo!"

"Kovèn!" dezì de Kat, id di vos he disvanì mol lanim, inizan ki de kip hi koji, id fendan ki hi smij we staʒì jok ek tem pos de rest avì disvanen.

"Voj! I av molvos vizen u kat ane smij," menì Alisa, "ba nevos u smij ane kat! Di se de maj strani zoc wen i av vizen in tal mi ʒiv!"

For ce avì iten mol dales, ce beglizì de has de Marsi Hazi: ce menì te je doʒì so de regi has par de kaminle sì oriformi id de

tag, instà calm, sì kroven ki fur. De has semì sa magi te ce
volì ne anero for avo krusiten u poj od de lifi pez de cumpi, id
altiven tis beròn sesdes centimetre; oʒe davos, ce vadì do ja
priʒe cojim, dezan sio: "Id is he sev rabic mati pos tal! I nerim
ruplòj avo ne iten vizo de Kapor!"

KAPITEL VII

Tej ki matine

Je stì u tab predizen ude u drev pro de has, wo de Marsi
Haz id de Kapor sì neman tej; u Sopimùs sì sedan intra
la, duvim sopan, id obe sì uzan ha wim u kuc, staban li alkode
su ha id vokan uve hi keb. "Je se mol ankomforti po de
Sopimùs," menì Alisa; "ba wim he sop, i forsèt te je vez ne
ho."

De tab sì magi, pur de tri sì strizen gon unaltem in u kant.
"Ne plas! Ne plas!" lu usklajì vizan Alisa veno. "Je ste *mol*
plas, maj te sat!" ruvokì Alisa disirgim, id ce sedì niz in u gren
ramsèl be u kip de tabi.

"Nem u poj vin," dezì de Marsi Haz in un inkarʒan tun.

Alisa gladì aròn su de tab, ba je stì nit usim tej. "I viz ne
vin," ce rumarkì.

"Je ste nun," dezì de Marsi Haz.

"Sim je sì ne mol kortic od va provìto ja mo," dezì Alisa
irgim.

"Je sì ne mol kortic od ta sedo niz ane vido inviten," dezì de
Marsi Haz.

"I zavì ne te je sì *vi* tab," ruvokì Alisa: "je se predizen po mole maj te tri liente."

"Ti kevile nud vido koten," dezì de Kapor. Dod longim he sì spekan Alisa mol gurnovim, id da sì hi pri voke.

"Vu doʒev ne deto personi rumarke," dezì Alisa priʒe strigim: "je se mol grob."

Oran da, de Kapor oprì oje mol latim, ba he solem pragì: "Parkà se u krob somi a u skrivitab?"

"Bun, nu ve amuzo na, num!" menì Alisa. "I se glaj lu inìz prago gedle—i kred i moz gedo da," ce ajutì ludim.

"Vol tu dezo te tu kred mozo findo de ruvòk?" dezì de Marsi Haz.

"Puntim," dezì Alisa.

"In di kaz, tu doʒev dezo wa tu men," proitì de Marsi Haz.

"Di se wa i det," ruvokì Alisa hastim; "bemìn—bemìn—i men wa i dez—di se de som, ne verì?"

"Talim ʒe ne de som!" dezì de Kapor. "Je se wim is tu dezev te 'I viz wa i jed' se de som te 'I jed wa i viz'!"

"Je se wim is tu dezev," ajutì de Marsi Haz, "te 'I gus wa i av' se de som te 'I av wa i gus'!"

"Je se wim is tu dezev," ajutì de Sopimùs, we semì voko in hi sop, "te 'I fles wan i sop' se de som te 'I sop wan i fles'."

"Je se ʒe de som po ta," dezì de Kapor a de Sopimùs, id za de kovòk falì, id de kwer stajì silan u minùt, trawàn Alisa sì tramenan ov tal wa ce mozì rumeno ov krobe id skrivitabe, wa sì ne mol.

De Kapor sì de pri a breko de silad. "Kel dia moni se je?" he pragì viran sia do Alisa; he avì nemen hi horèl us hi pok, id sì spekan ja anticim, skutan ja od tem a tem id peran ja a hi or.

Alisa tramenì u poj, pos ruvokì "Kweri."

"Du dias posen!" sofi de Kapor. "I dezì to te butir siedev ne po smiro de dantirole!" he ajutì gladan de Marsi Haz furicim.

"Je sì de *bunes* butir," ruvokì de Marsi Haz udenizim.

"Mojse, ba eke panikrite av os doʒen ito in," mumì de Kapor "tu avev ne doʒen seto ja in ki de panikotèl."

De Marsi Haz nemì de horèl, gladì ja tristim, pos dupì ja in hi tas teji, id gladì ja revos; ba he findì nit bunes a dezo te hi pri rumàrk: "je sì de *bunes* butir, vu zav."

Alisa avì gladen uve hi spuld ki ek gurnovid, id usklajì: "Ka strani horèl! Je dik de dia moni, id dik ne de hor!"

"Parkà doʒev je diko de hor?" mumì de Kapor. "Dik ti horèl kel jar je se?"

"Naturim ne," ruvokì Alisa ane vakìzo: "ba je s' par de som jar dur mol longim."

"Di se puntim de kaz ki *mìa*," dezì de Kapor.

Alisa felì sia stragim pervirten. De rumàrk de Kapori semì co verim avo nun sin, id pur, je sì andubim Engli. "I incèp ne va bun," ce dezì os korticim te mozli.

"De Sopimùs se revos sopan," dezì de Kapor, id he lijì ek caj tej su hi nas.

De Sopimùs skutì hi keb antolsam, id mumì ane opro oje, "Naturim, naturim: puntim wa i som sì po dezo."

"Av tu ʒa geden de gedel?" pragi de Kapor viran sia do Alisa revos.

"Ne, i apdàv ja," ruvokì Alisa. "Ka se de ruvòk?"

"I av ne de mines idea," dezì de Kapor.

"I os ne," dezì de Marsi Haz.

Alisa sofi tanim. "I men te vu mozev uzo vi tem bunes," ce dezì "te perlaso ja pragan gedle we av ne ruvoke."

"Is tu konev Tem os bun te i," dezì de Kapor, "tu vokev ne ov perlaso *ja*, ba ov perlaso *ha*."

"I incèp ne wa vu vol dezo," dezì Alisa.

"Naturim tu incèp ne!" dezì de Kapor, basan op hi keb nizprizim. "Versemim tu av oʒe nevos voken a Tem!"

"Mojse ne," ruvokì Alisa procerim, "ba i zav, i doʒ bito temp wan i ler muzik."

"Ah! Di usklàr ʒe tal," dezì de Kapor. "Tem uspèr ne vido biten. Num is solem tu avev bun kovige ki ha, he detev nerim tal wa tu vol ki de horèl. Po samp, forsetem te je se 9 hore mornu, de hor po inìzo lesione: tu nud solem cuco u vord a Tem, id zas, in un ojiblìk de dikele virt aròn! Id je se un id mij, de hor midjedo!"

("Is solem je sev de kaz," murmurì sio de Marsi Haz.)

"Je sev grandi, andubim," dezì Alisa tramenim; "ba sim—i sev ne fami, vu zav."

"Be inìz, mojse ne," dezì de Kapor, "ba tu mozev prago a Tem stajo be un id mij os longim te tu vol."

"Se di ʒe wa *vu* det?" pragì Alisa.

De Kapor skutì hi keb trurim. 'I, ne!" he ruvokì. "Nu grelì sam in fori Mars—puntim for *he* vidì mati, tu zav—" (he dikì de Marsi Haz ki hi teji kocèl) "—je sì be de gren konsèrt daven pa de Raja Karʒi, wo i doʒì santo:

'Stij, stij, miki flevimùs!
Ka stonan tu av iten us!'

Mojse tu kon de sant?"

"I av oren ekwa sim," dezì Alisa.

"Je proìt, tu zav, sim—" ajutì de Kapor:—

'Sube mold tu flev in hel,
Op wim u teji platèl.
Stij, stij—'"

Davos de Sopimùs skutì sia id inizì santo in hi sop *"Stij, stij, stij, stij—"* id je durì sa longim te lu dozì snipo ha po stopo ha.

"Voj, i avì pen fenden de pri strof," dezì de Kapor, "wan de Raja brajì 'He se murdan Tem! Kote ap hi keb!'"

"Ka stragim krual!" usklajì Alisa.

"Id dod davos," proitì de Kapor in u gluri tun, "Tem det nit maj od wa i prag ho! Je se talvos ses hore num."

U brij idea venì in ment Alisu. "Se di parkà je ste samole tejizoce su de tab?" ce pragì.

"Aj, pardà," dezì de Kapor, sofan: "Je se talvos de teji hor, id midwàn nu av ne tem po lavo de zoce."

"Sim vu proìt muvo aròn de tab, i forsèt?" dezì Alisa.

"Puntim," dezì de Kapor, "pos de tase vid uzen."

"Ba ka usvèn wan vu ruvèn a de inìz?" Alisa riskì prago.

"Metem priƺe de tema," intrakotì de Marsi Haz, javan; "I vid tiedan ki da. I probàs te de jun dama retàl no u storij."

"I fraj te i kon nun," dezì Alisa priƺe alarmen.

"In da kaz, de Sopimùs ve retalo un!" obe klajì. "Vek ta, Sopimùs!" Id lu snipì ha be obe zate somtemim.

De Sopimùs oprì oje lanim. "I sì ne sopan," he dezì ki u flabi horki voc, "i orì jaki vord wen vu dezì."

"Retàl no u storij!" dezì de Marsi Haz.

"Aj, prijim!" vitì Alisa.

"Id hast ov ja!" ajutì de Kapor, "altem tu ve insopo revos for avo fenden."

"Je stì unvos tri miki sestas," inizì de Sopimùs mol hastim, "li nome sì Elsie, Lacie id Tillie, id lu ƺivì be bond u kweli—"

"Od ka ƺivì lu?" pragì Alisa, we sì talvos mol interesen ov keste jedadi id pivadi.

"Lu jedì melàs," dezì de Sopimùs pos avo menen un od du minute.

"Di se anmozli, vu zav," dezì Alisa netim. "Lu avev sen pati."

"Lu vidì pati, *mol* pati," dezì de Sopimùs.

Alisa probì imaƺino u poj kim sev da usordeni mod ƺivi, ba je pervirtì ca tiomòl; sim ce proitì: "Ba parkà ƺivì lu be bond u kweli?"

"Nem revos u poj tej," dezì de Marsi Haz a Alisa mol seriosim.

"I av nemen jok nit," ruvokì Alisa in un invunen tun: "sim i moz ne nemo ekwa maj."

"Tu vol dezo, tu moz ne nemo ekwa *min*," dezì de Kapor: "je se mol lezi nemo *maj* te nit."

"Nekun av pragen vi menad," dezì Alisa.

"Ke det personi rumarke num?" pragì de Kapor triumfim.

Alisa zavì ne puntim ka ruvoko a da: sim ce servì sio ek tej id butiren pan, pos virì sia do de Sopimùs, id redezì ci kest. "Parkà ʒivì lu be bond u kweli?"

Revos de Sopimùs tramenì un minùt o du, pos dezì: "Je sì u kwel polen ki melàs."

"Da esìst ne!" inizì Alisa mol irgim, ba de Kapor id de Marsi Haz detì "Cccc! Cccc!" id de Sopimùs rumarkì smutim: "Is tu moz ne so kortic, je sev bunes te tu fend de storij solen."

"Ne, prijim, proìte!" Dezì Alisa mol udenizim. "I ve nemaj intrakoto va. Mojse je ste un uni kwel sim."

"Un uni, verim!" dezì de Sopimùs disirgim. Nedamin, he kovolì proìto. "Sim, da tri miki sestas, vu zav, sì leran trajo—"

"Ka trajì lu?" pragì Alisa, talim oblasan ci prodèz.

"Melàs," ruvokì de Sopimùs ane trameno, di vos.

"I vol u niti tas," intrakotì de Kapor: "Muvem tale pro u plas."

Dezan da, he muvì pro, id de Sopimùs slogì ha; de Marsi Haz muvì a de plas de Sopimusi, id Alisa, priʒe gonvolim, nemì de plas de Marsi Hazi. De Kapor solen prodelì od de metad, id Alisa sì stalen mol pejes te dafòr, par de Marsi Haz avì pen spajen de krug liki in hi talar.

Ne volan invuno de Sopimùs revos, Alisa inizì mol procerim: "Ba i incèp ne. Od ko trajì lu de melàs?"

"Un moz trajo vod od u kwel," dezì de Kapor, "sim i viz ne parkà un mozev ne trajo melàs od u kwel melàsi, hej, stupina?"

"Ba lu sì *be bond* de kweli," dezì Alisa a de Sopimùs, prigusan ne bemarko da posni voke.

"Naturim," dezì de Sopimùs: "bun be bond."

Di ruvòk pervirtì pavri Alisa samòl, te ce lasì de Sopimùs proìto longim ane intrakoto ha.

"Lu sì os leran traso," proitì de Sopimùs, javan id trofan hi
oje, par he sì vidan mol sopic; "id lu trasì tale sorte zocis—tal
wa inìz ki u M—"

"Parkà ki u M?" pragì Alisa.

"Parkà ne?" dezì de Marsi Haz.

Alisa stajì silan.

De Sopimùs avì kluzen oje davos, id sì inizan sopito; ba,
vidan snipen pa de Kapor, he vekì sia revos ki u miki krij, id
proitì: "—wa inìz ki u M, wim musitrap, id mar, id memòr, o
mole daske—vu zav, un dez te zoce se wim 'mole daske id
daske mole'—av vu ʒa vizen u trasen prodikan 'mole daske'?"

"Verim, num wan vu prag mo," dezì Alisa, ʒe mol perpleten,
"i kred ne—"

"In di kaz, tu doʒev silo," dezì de Kapor.

Di grobad sì maj te Alisa mozì uspero: mol disgusten ce stì
op, id vadì ap. De Sopimùs insopì anmidim, id nun od de
altene davì de mines atensad a ci apìt, obte ce voltì sia un o

du vose, mij speran te lu calev ca ru. De posni vos wan ce vizì la, lu sì proban seto de Sopimùs in de tejèl.

"In eni kaz, i ve *nevos* ito ru *za!*" dezì Alisa, slogan ci vaj tru de fost. "Je se de maj stupi tej wen i av evos vizen in tal mi ʒiv!"

Dezan da voke, ce bemarkì te un od de dreve avì u dor dutan inia. "Di se mol strani!" ce menì. "Ba tal se strani odia. I kred i moj ʒe ito in suprù." Id ce itì in.

Unvos maj, ce befindì in de longi hal, ner de miki glasi tab. "Num i ve deto tal bunes, di vos," ce dezì sio, id inizì ki nemo de miki gori klij, id diklijo de dor dutan in de gardin. Pos ce inizì krusito de cump (od wen ce avì garen u pez in ci pok) tis ce sì ne maj alti te trides centimetre. Pos ce vadì alòng de miki pasia, id pos—ce befindì befènd in de bel gardin, tramìd de brij florilede id de fric fonte.

KAPITEL VIII

De kroketaria de Raju

U gren rozar stì ner de initia de gardini: de roze gresan su ja sì bij, ba tri gardinore sì benemen ki pento la roj. A Alisa di semì mol strani id ce anerì po speko la, id, puntim wan ce avenì ner la, ce orì un od la dezo: "Pocèr ʒe Pin! Stop usplaco ma sim ki pent!"

"I detì ne ja intelim," ruvokì Pin, in u smuti tun. "Sep prosì mi alkòd."

Su wa Sep gladì op id dezì "Bravo, Pin! Tu set talvos de kulp su altene!"

"Tu detev bunes silo!" dezì Pin. "I orì de Raja ʒe jesta dezo te tu besèrv vido apkeben."

"Parkà?" pragì daz we avì voken prim.

"Da kotòg talim ne ta, Du!" dezì Sep.

"Aj, je kotòg ha!" dezì Pin. "Id i ve dezo ho—par tu aperì a de kokor tulipi bulbe instà cibole."

Sep jetì niz hi pentèl, id avì pen dezen "Voj, od tale de anjustide—" wan hi oje kogonì usfalim Alisa, we stì spekan la, id he stopì plozim; de altene voltì sia os, id tale bojì sia niz.

"Volev vu dezo mo, prijim," dezì Alisa, u poj cojim, "parkà vu pent da roze?"

Pin id Sep dezì nit, ba gladì Du. Du inizì laisvocim, "Voj, de verid se, vu viz, Damita, di rozar avev dozen so u roj rozar, id nu plantì u bij od irad, id, is de Raja venev a zavo ja, nu videv tale apkeben, vu zav. Sim, vu viz, Damita, nu det ni bunes, for ce ven, po—" Be di momènt, Pin, we sì spekan tra de gardin anticim, klajì: "De Raja! De Raja!" id de tri gardinore jetì sia suprù platim su bod. Un orì numari stapirume, id Alisa voltì sia guri po vizo de Raja.

Prim venì des soldate peran trifoli guble: lu avì de som forme te de tri gardinore: rektangli id plati, ki mande id pode be de kwer kante. Pos venì des kortizane, talim ornen ki kwarliformi diamante, id vadan du be du wim de soldate. Pos la venì de raji kide: lu sì des, miki kerine spritirenan glajim pro, mand in mand, in pare: lu sì tale ornen ki karʒe. Pos venì de goste, po de majsan Raje id Rajas, id tramìd la Alisa rekonì de Bij Konìl: he sì vokan hastim in u nervos mod, smijan a tal wa un dezì, id itì pas ane bemarko ca. Pos slogì de Valet Karʒis, peran de Raji kron su u purpi veluti kuc; id, be fend di grandi prosesioni, venì DE RAJ ID DE RAJA KARʒIS.

Alisa pragì sio is ce doʒev ne leʒo platim su vens wim de tri gardinore, ba ce mozì ne rumeno avo oren ov di regel be prosesione; "odaltia, ka uzi sev u prosesiòn," ce menì, "is tale liente doʒev leʒo niz su vens, id mozev ne vizo ja?" Sim ce stajì stan be ci sta, id vartì.

Wan de prosesiòn avenì pro Alisa, tale haltì po glado ca, id de Raja pragì strigim: "Ke s' di?" Ce dezì ja a de Valet Karʒis, we solem bojì sia id smijì in ruvòk.

"Idiòt!" dezì de Raja, livan op keb antolsam; id, viran sia do Alisa, ce proitì: "Ka s'ti nom, kida?"

"Mi nom se Alisa, is je prij a vi Magistad," ruvokì Alisa mol korticim; ba ce ajutì in sia som: "Pos tal, lu se solem u kartipakit. I nud ne frajo la!"

"Id ke se dize?" pragì de Raja, dikan digim de tri gardinore leʒan aròn de rozar; par, vu viz, wim lu sì leʒan su vens, de trasen li rukis sì de som te daz de alten kartis, id ce mozì ne vizo is lu sì gardinore, o soldate, o kortizane, o tri od ci siavi kide.

"Kim moz i ʒe zavo?" ruvokì Alisa suprizen ov ci siavi karʒad. "Je s' talim ne mi del."

De Raja vidì skarlati od furij, id, pos avo staren ca u momènt wim u vilgi tier, ce inizì krijo: "Kote ap ci keb! Kote—"

"Ansini!" usklajì Alisa, mol ludim id becizim, id de Raja silì.

De Raj setì hi mand su ci ram id dezì cojim "Kospeke ʒe, keri frama: ce se solem u kida!"

De Raja virì sia irgim ap ha, id ordezì a de Valet: "Volte la!"

De Valet voltì la, mol procerim ki hi pod.

"Ste op!" klajì de Raja in u lud, skrili voc, id de tri gardinore spritì op anmidim id inizì bojo sia pro de Raj, de Raja, de raji kide, id talun alten.

"Stope da!" krijì de Raja. "Vu det ma virbic." Id pos, viran sia do de rozar, ce proitì: "Ka sì vu ʒe detan za?"

"Is je prij a vi Magistad," dezì Du, in u mol udenizi voc, setan u ken su bod, "Nu sì proban—"

"I viz ja bun!" dezì de Raja, we, midwàn, avì skopen de roze. "Kote ap li kebe!" id de prosesiòn muvì pro, lasan tri soldate ru po eksekuto de waji gardinore, we renì a Alisa po findo protegad.

"Vu v'ne vido apkeben! dezì Alisa, setan la in u gren floripot we stì za. De tri soldate valgì aròn, un o du minute, po ceko la, pos marcì ap ticim pos de altene.

"Vidì lu apkeben?" klajì de Raja.

"Li kebe se ap, is je prij a vi Magistad!" ruvokì de soldate.

"Perfeti!" klajì de Raja. "Moz tu jego kroket?"

De soldate stajì silan, id gladì Alisa, par de kest sì obvizim adresen co.

"Aj!" klajì Alisa.

"Item ʒe!" raugì de Raja, id Alisa jutì sia a de prosesiòn, pragan sio ʒe ka usvenev dapòs.

"Je s'—je s'u mol bel dia!" dezì u coj voc ner ca. Da sì de Bij Konìl, vadan be ci zat, id staran ci fas angostim.

"Mol bel," dezì Alisa. "Ko s'de Duka?"

"Ccct! Ccct!" murmurì de Konìl hastim, gladan angostim uve hi spuld. Pos, opregan sia su podidige, he setì hi muk ner de or Alisu, id cucì laisim "Ce se perʒuden a vido apkeben."

"Po ka parsad?" dezì Alisa.

"Dezì vu 'Ka dam!'?" pragì de Konìl.

"Talim ne," dezì Alisa. "I men te je s' talim ne u dam. I dezì 'Po ka parsad?'"

"Ce slapì de Raja—" inizì de Konìl. Wim Alisa inizì skalto in larad, he murmurì frajim: "De Raja ve oro va! Vu viz, de Duka venì priʒe posen, id de Raja dezì—"

"Neme vi plase!" klajì de Raja in u tromi voc, id liente inizì reno in tale doregade, stotan unaltem; pur, pos un o du minute, jakun findì hi plas, id de jeg inizì.

Alisa avì nevos vizen u sa strani kroketaria in ci ʒiv: talia je stì kolne id kule: de kroketi bale sì ʒivi egìze, id de malete ʒivi flamine, id de soldate doʒì peldo sia in du, staban su bod ki pode id mande, po formo de arke.

De maj anlezi, Alisa findì be inìz, sì uzo ci flamin: ce ustelì, ane tiomòl stren, teno hi korp ude ci ram, ki hi pate vangan, ba, generalim, puntim wan ce avì seten hi kol ʒe reg id sì predi po plago de egìz ki hi keb, de flamin siudì virgo sia id glado ca op in fas, ki u sa perpleti usprès te ce mozì ne perveno sio skalto in larad; id pos, wan ce avì anìzen hi keb, id sì predi po reinìzo, je sì mol usirgan vizo te de egìz avì sia usrolen, id sì krepan ap lanim. Uvedà, je stì nerim talvos u koln o u kul su de vaj wo ce volì sendo de egìz, id, wim de soldate pelden in du, talvos stì op id vadì ap do alten parte de ariu, Alisa venì beprù a kokluzo te je sì verim u mol anlezi jeg.

De jegore jegì tale somtemim, ane varto li vose, grelan anstopim po grabo de egìze, id pos u mol kurti antèm, de Raja itì in u furic pasiòn, trepan zi id za, davan gren podade, id klajan "Kote ap hi keb!" o "Kote ap ci keb!" nerim unvos be minùt.

Alisa inizì felo sia mol antici: siurim, ce avì ne jok grelen ki de Raja, ba ce zavì te da mojev usveno be eni momènt, "id pos," ce menì, "ka videv i? Stragi se li siudad apkebo liente zi: de gren suprìz se te je ste jok ʒivi liente!"

Ce sì gladan aròn po findo u mod usfligo, pragan sio is ce mozev ito ap ane vido vizen, wan ce bemarkì u strani asemad in al: prim ce sì mol pervirten, ba, pos avo speken ja un minùt o du, ce mozì dissigo u smij, id ce dezì sio "je s' de Kat od Cheshire; num i v'avo ekun ki wen voko."

"Kim it je to?" dezì de Kat, osprù te he avì sat muk po voko.

Alisa vartì tis hi oje asemì po niko ho. "Je s'anuzi voko ho," ce menì, "for hi ore asèm, o bemìn un od la." Un minùt dapòs, tal hi keb sì vizli, id Alisa setì niz ci flamin, id inizì retalo de kroketi jeg, felan sia mol glaj avo ekun po skuco ca. De Kat semì meno te un mozì vizo sat od hi persòn, it nit maj asemì.

"I men te lu jeg talim ne inregim," inizì Alisa, in u priʒe klaman tun, "id lu tale grel sa stragim te un moz ne oro sia voko—id je sem te lu av ne partikuli regle (bemìn, is lu av, nekun slog la), id vu moz ne imaʒino ka pertruban je se avo tale de objète ʒivi: po samp, vizo de ark tru wen i doʒ sendo mi bal, vado ap a de alten kip de ariu—id i avev doʒen ʒe num kroketo de egìz de Raju, ba he renì ap wan he vizì mìa aveno!"

"Kim gus vu de Raja?" dezì de Kat laisvocim.

"Talim ne," ruvokì Alisa: "ce se sa ustrim—" Puntim davos ce bemarkì te de Raja sì stan ner berù ca, skucan; sim ce proitì: "—siuri te ce ve vingo, te je s'nerim ne valti fendo de jeg."

De Raja smijì id vadì pas.

"A ken se tu vokan?" pragì de Raj, aneran a Alisa, is spekan de keb de Kati mol gurnovim.

"A un od mi frame—u Kat od Cheshire," dezì Alisa; "pomoze mo proseto ha vo."

"I gus talim ne hi usvìz," dezì de Raj: "pur, he moz kiso mi mand, is he zel ja."

"I prigùs ne," rumarkì de Kat.

"Se ne anskandi," dezì de Raj, "id, glade ne ma sim!" he ajutì, venan sto berù Alisa.

"U kat moj ʒe glado u raj," dezì Alisa. "I av lisen ja in u bib, ba i rumèn ne ko."

"Voj, un doʒ deto ja disvano," dezì de Raj mol becizim; id he calì de Raja, we sì vadan pas be da momènt, "Mi keri frama, I volev ʒe te vu det di kat disvano!"

De Raja konì solem un mod po sluzo tale anlezide, gren o miki. "Kote ap hi keb!" ce klajì ane oʒe volto sia.

"I som ve findo d' eksekutor," dezì de Raj gurim, id he hastì ap.

Alisa menì te ce mojev ʒe bun ito ru po vizo ka sì uspasan ki de jeg, par ce orì be dal de voc de Raju krijan od irgad. Ce avì ʒa oren ca perʒudo tri jegore a vido apkeben par lu avì misen li vose, id ce gusì talim ne de usvìz de usvenadis; de jeg sì in u sul permicad te ce zavì nevos is je sev ci vos o ne. Sim ce itì ap po ceko ci egìz.

De egìz sì involten in u kamb ki un alten egìz, wa semì a Alisa un uslivan uskàz po kroketo un od la ki de alten; de uni trubel sì te ci flamin avì iten ap a de alten zat de gardini, wo Alisa mozì vizo ha probo disperim flevo op u drev.

Wan ce avì cepen de flamin id peren ha ru, de kamb sì ʒa fenden, id obe egìze sì us viz. "Ba di vez ne mol," menì Alisa, "wim tale arke av lasen di zat de ariu." Sim ce setì de flamin fistim ude ci ram, pote he flig ne ap revos, id itì ru po renemo ci kovòk ki ci fram.

Wan ce avenì ru a de Kat od Cheshire, ce sì suprizen findo u magi trob insamen aròn ha: de eksekutor, de Raj id de Raja sì grelan, tale vokan somtemim, trawàn de rest sì silan id semì mol intruben.

Osprù te Alisa asemì, de tri apelì co po aprego de kest; jakun redezì hi siavi argumente, obte, wim lu tale vokì be som tem, je sì co mol anlezi incepo procizim wa lu dezì.

De argumènt d'eksekutori sì te je sì anmozli koto ap u keb wan je stì ne korp ap wen koto ja; he avì nevos deten ekwa sim dafòr, id inizev ne ja be hi ald.

De argumènt de Raji sì te eniwa ki u keb mozì vido apkeben, id te un doʒì ne dezo stupide.

De argumènt de Raju sì te, is un nemev ne u becizad anmidim, ce detev eksekuto talun aròn ca. (Di posni rumàrk avì deten talun usvizo sa gravi id skuran.)

Alisa mozì findo nit alten a dezo te: "De Kat potèn a de Duka; vu detev bunes prago co."

"Ce s' in karsia," dezì de Raja a d' eksekutor: "Adute ca zi!" Id d' eksekutor flizì ap wim u frel.

Osprù te he avì iten ap, de keb de Kati inizì usvano, id for d' eksekutor avì ruvenen ki de Duka, je avì kopolem disvanen; de Raj id d'eksekutor renì vilgim pro id ru po findo ha, trawàn de altene itì ru a de jeg.

De storij
ov de Semi Skeldan

"Ju moz ne imaǥino kim i se glaj revizo ta, keri kida!" dezì de Duka, setan ci ram, ki u keran gest, su daz Alisu, id lu vadì ap sam.

Alisa sì mol glaj findo ca in u sa prijan lum, id menì te mojse je sì solem de pep we detì ca sa furic wan lu kogonì in de kokia.

"Wan *i* ve vido Duka," ce dezì sio (pur ane mole spere), "i v' avo apsolutim nun pep in mi kokia. Sup se os bun ane ja—Mojse je se talvos pep we det liente furic," ce proitì, insaren od avo finden u novi regel, "id asik we det la sur—id kamìl we det la pikri—id—id gorzisuker id sule zoce we det kide swajlumen. Is solem liente zavev *da*: lu sev ne sa guravi po davo swajède—"

Ce avì talim oblasen de Duka davos id ce ustremì wan ce orì ci voc ner ci or. "Tu se menan ov ekwa, keri kida, id je det ta oblaso voko. Po de momènt, i moz ne dezo to ka se de moràl od da, ba i ve rumeno ja beprù."

"Mojse je ste nun moràl," Alisa riskì dezo.

"Item ʒe, kida!" dezì de Duka. "Tale zoce av u moràl, je sat findo ja." Id, ki da voke, ce presì sia maj stritim gon Alisa.

Alisa gusì talim ne avo de Duka sa ner ca: prim par ce sì mol huri; id dujim par ce sì puntim de regi altid po stabo ci kin su de spuld Alisu, id je sì un ankomfortim spiti kin. Pur, ce volì ne so grob, id ce usperì ja os bun te ce mozì.

"De jeg se proìtan u poj bunes num," ce dezì po kovoko pro.

"Indèt," dezì de Duka: "id de moràl od da se— 'Oh! je se liam, je se liam we det mold virto!'"

"Ekun dezì," murmurì Alisa, "te mold virt bun wan jakun benèm sia ov hi siavi dele!"

"Ah, bun! Je sin maj o min de som," dezì de Duka, sungan ci miki spiti kin in de spuld Alisu, ajutan "id de moràl od da se—'Neme cer ov de sin id de zone ve nemo cer ov sia som'."

"Kim ce gus findo u moràl in tale zoce!" menì Alisa.

"I se siuri, tu prag to parkà i set ne mi ram aròn ti tail," dezì de Duka pos u silad: "je se par i av dube ov de lum ti flamini. Doʒ i probo de usperij?"

"He mojev stigo," ruvokì Alisa procerim, ne felan entusiasti ov de prospèk da usperiji.

"Je se mol veri," dezì de Duka: "obe flamine id mostad stig. Id de moràl od da se—'Somi ovle it sam'."

"Ba mostad se ne un ovel," rumarkì Alisa.

"Regi wim siudim," dezì de Duka: "Ka klarim tu usprès zoce!"

"Je s' u mineràl, i kred," ajutì Alisa.

"Naturim je se," dezì de Duka, we semì predi a koveno ki tal wa Alisa dezì: "Je ste u gren minia mostadi ner zi. Id de moràl od da se—'Od du male, uscepo de minia'."

"Oh, i zav!" usklajì Alisa we avì ne atensen da posni rumàrk. "Je s' u vegùm. Je usvìz talim ne wim u vegùm ba je s' un."

"I kovèn talim ki ta," dezì de Duka, "id de moràl od da se— 'Se wa vu vol semo so'—o, po dezo ja slimes—'Kred ta nevos ne disemi od wa je mojev semo a altene te wa tu sì o avev mojen so sì ne disemi od wa tu avì sen avev semen lo so disemi'."

"I kred, i incepev da mol bunes," dezì Alisa mol korticim, "is i vizev ja skriven; ba i fraj te i moz ne slogo va wan vu dez ja."

"Di se nit koeglen a wa i mozev dezo is i volev," ruvokì de Duka in u prijen tun.

"Prijim, neme ne de stren dezo ja maj longi," dezì Alisa.

"Oh, vok ne ov stren!" dezì de Duka. "I det to u kodàv ki tal wa i av dezen tis num."

"U mol bunkopi kodàv!" menì Alisa. "I se glaj te un dav ne mo genidiù kodave wim daze!" Ba ce riskì ne dezo ja ludim.

"Revos menan?" pragì de Duka, sungan revos ci miki spiti kin in ci spuld.

"I av ʒe reg trameno," ruvokì Alisa skerpim, par ce inizì felo sia u poj inristen.

"Maj o min osmòl reg te swine av reg flevo; id de m—"

Ba puntim davos, be de gren suprìz Alisu, de voc de Duku usmorì bemìd ci favòri vord "moràl", id de ram we sì vigen a cìa inizì tremo. Alisa gladì op, id za stì de Raja pro la, ki ci rame krosen, id ci fas os drozan te u tormadi hel.

"U bel dia, vi Magistad!" inizì de Duka in u nizi, flabi voc.

"Num i dav vo u justi varnad," julì de Raja, podiplagan bod, "o vu, o vi keb se ap, id da in nun tem! Dete vi uscèp!"

De Duka uscepì ʒe, id in un antèm, avì iten ap.

"Proìtem de jeg," dezì de Raja a Alisa; id Alisa frajì tiomòl po dezo u vord, ba ce slogì ca ru lanim a de kroketaria.

De alten goste avì prodelen od de apsàd de Raju po reso in cam; pur, osprù te lu vizì ca, lu hastì ru in de jeg, trawàn de Raja slim rumarkì te u momènt posnivadi kostev lo li ʒive.

Tal tem wan lu sì jegan, de Raja haltì ne grelo ki de alten jegore, klajan "Kote ap hi keb!", "Kote ap ci keb!" Daze wen ce perʒudì vidì aresten pa de soldate we, naturim, doʒì stopo so arke po deto da, simte, pos beròn u mij hor, je restì nemaj arke, id tale jegore, usim de Raj, de Raja id Alisa, sì aresten id vartan eksekutad.

Pos de Raja haltì, talim us fles, id pragì a Alisa "Av tu za vizen de Semi Skeldan?"

"Ne," dezì Alisa. "I zav oʒe ne ka se u Semi Skeldan."

"Je s' de zoc ki wen un mak Semi Skeldani Sup," dezì de Raja.

"I av nevos vizen un, nè oren ov un," dezì Alisa.

"Item ʒe," dezì de Raja, "id he ve retalo to hi storij."

Wim lu vadì ap sam, Alisa orì de Raj dezo laisvocim a tal de kopanad, "Vu vid tale apgrasen."

"Voj, di se verim bun!" ce dezì sio, par de numar ekseku-
tadis ordezen pa de Raja avì deten ca mol anfelic.

Beprù lu kogonì u Grif, leʒan be sol, duvim sopan. (Is vu zav
ne ka se u Grif, glade de pict.) "Ste op, lenzin!" dezì de Raja,
"id dut dì jun dama vizo de Semi Skeldan, id oro hi storij. I
doʒ ito ru po benemo ma ov eke eksekutade wen i av ordezen;"
id ce vadì ap, lasan Alisa solen ki de Grif. Alisa gusì ne de
usvìz da kreateni, ba tal sumen ce menì te ce sev maj sikuri
stajan ki ha te slogan da vilgi Raja: sim ce vartì.

De Grif sedì op, trofan hi oje; pos spekì de Raja tis ce sì us
viz, pos he laritì. "Ka komic!" he dezì, mij po sia, mij po Alisa.

"Ka se komic?" pragì Alisa.

"Voj, ce," dezì de Grif. "Tal da se ci imaʒinad: nekun vid
evos eksekuten, tu zav. Item ʒe!"

"Talun zi dez mo 'item ʒe!' menì Alisa, slogan ha lanim:
"Nevos dafòr un davì mo samole ordeze, nevos in tal mi ʒiv!"

Lu avì ne iten mol dal wan lu vizì de Semi Skeldan bedàl,
sedan tristi id solen su u miki usspitan rok, id wim lu anerì,
Alisa moʒì oro ha sofo wim is hi karʒ sev po breko. Ce kopainì

ha duvim. "Ka se hi grum?" ce pragì a de Grif. Id de Grif ruvokì, uzan nerim de som vorde te dafòr, "Tal se hi imaʒinad, da: he av ne grum, tu zav. Item ʒe!"

Sim lu itì tis de Semi Skeldan, we gladì la ki gren oje polen ki ploje, ba dezì nit.

"Di jun dama, zi," dezì de Grif, "ce vol oro vi storij, ce vol."

"I ve retalo ja co," dezì de Semi Skeldan in u duv, kuli voc. "sede niz, vu obe, id deze nun vord tis i av fenden."

Sim lu sedì niz, id nekun vokì trawàn eke minute. Alisa menì "I viz ne kim he ve mozo fendo, is he inìz ne." Ba ce vartì tolsam.

"Foram," dezì befènd de Semi Skeldan, sofan duvim, "I sì u veri Skeldan."

Di voke vidì slogen pa u mol longi silad, solem breken pa u "Hjckrrh!" usklajen pa de Grif od tem a tem id pa de anstopi war soje de Semi Skeldani. Alisa sì predi a sto op id dezo "Daske mole, sior, po vi interesan storij," ba ce mozì ne perveno sio meno te je doʒev siurim sto u slog, sim ce stajì sedan ticim id dezì nit.

"Wan nu sì miki," de Semi Skeldan proitì befènd, maj ticim, ba jok sojan u poj od tem a tem, "nu itì a skol in mar. De mastor sì u seni Skeldan—nu siudì nomo ha Seni Skoldan— "

"Parkà nomì vu ha Skoldan? Je sin ʒe nit." pragì Alisa.

"Nu nomì ha Skoldan par he sì ni skoli-mastor," dezì de Semi Skeldan irgim. "Tu se verim ʒe dun!"

"Tu doʒev skando od prago u sa slimi kest," ajutì de Grif; id obe sedì silan spekan pavri Alisa we felì sia predi a sungo ude ter. Befènd de Grif dezì a de Semi Skeldan "It ʒe pro, seni man! Det ne ja duro tal dia!" id de Semi Skeldan proitì ki da vorde:—

"Aj, nu itì a skol in mar, obte tu moj ne kredo ja—"

"I nevos dezì da!" Alisa intrakotì ha.

"Aj, tu dezì ja," dezì de Semi skeldan.

"Kluz ti muk!" ajutì de Grif, for Alisa mozì dezo u vord. De Semi Skeldan proitì.

"Nu avì de bunes opdutad—in fakt, nu itì a skol tale dias—"

"I os itì a skol tale dias," dezì Alisa. "Vu nud ne so sa stol ov da."

"Stì je opsione in ti skol?" pragì de Semi Skeldan, u poj skurim.

"Aj," dezì Alisa: "nu lerì Franci id muzik."

"Id vacad?" pragì de Semi Skeldan.

"Siurim ne!" ruvokì Alisa disirgim.

"Ah! Sim ti skol sì ne verim bun," dezì de Semi Skeldan in u mol aplejen tun. "Num, in ni skol, benìz de rekene, je stì: 'opsione: Franci, muzik, *id vacad*—opsion'."

"Vu doʒì ne nudo ja mol," rumarkì Alisa, "ʒivan be bond mari."

"I mozì ne pajo po de opsione," dezì de Semi Skeldan sofan. "i slogì solem de ordeni kurs."

"Ka sì je?" pragì Alisa.

"Naturim po inìzo Riso id Skruvo," ruvokì de Semi Skeldan, "id pos de vari parte Aritmetiki—: "Baptizad, Distrajad, Rolislizad, id Hurizad."

"I av nevos oren ov 'Hurizo'," Alisa riskì dezo. "Ka se je?"

De Grif livì op obe pate in suprìz. "Kim ʒe? Nevos oren ov hurizo?" he usklajì. "Tu zav ʒe ka sin 'abelo', ne veri?"

"Aj," dezì Alisa u poj dubim: "je sin—deto—ekwa—beles."

"In di kaz," proitì de Grif, "is tu zav ne ka sin hurizo, tu se verim u stupina."

Alisa felì ne sia inkarʒaden a prago alten keste ov ja, id virì sia do de Semi Skeldan, pragan: "Ka alten doʒì vu lero?"

"Voj, je sì Lisitòr," ruvokì de Semi Skeldan, kontan su ci pate, "veti Lisitòr id moderni Lisitòr, id Marografij; pos Trisad—de dictor Trisadi sì u seni konger, we venì unvos be sedia: he dictì no Trisad, Slizad, id Dictad in Flore."

"Kim sì ʒe *da*?" pragì Alisa.

"Voj, i moz ne diko ja to," dezì de Semi Skeldan, "i av oblasen. Id de Grif lerì ja nevos."

"I avì ne tem," dezì de Grif: "I detì klasiki stude ki u seni dictor we sì u seni krab."

"I itì nevos a hi lesione," dezì de Semi Skeldan, sofan; "Un dezì te he dictì Matini id Groci."

"Je se veri, aj veri," dezì de Grif, sofan be hi vos; id obe kreatene celì li fase in li pate.

"Id kamole hore kursi avì vu be dia?" pragì Alisa, hastan meto de tema.

"Des hore be pri dia," dezì de Semi Skeldan, "nev hore be slogan dia, id sim pro."

"Ka strani horiplàn!" usklajì Alisa.

"Pardà lu vid nomen kurse," rumarkì de Grif: "par lu vid kurties od dia a dia."

Da sì talim u novi idea po Alisa, id ce tramenì ov ja u momènt for prago: "Ba sim de desuni dia dozì so u vakidià?"

"Naturim," dezì de Semi Skeldan.

"Id ka detì vu be de desdùj dia?" proitì Alisa gurim.

"Je sat ov lesione," intrakotì de Grif in u mol becizen tun. "Vok co u poj ov de jege num."

De kadrìl humaris

De Semi Skeldan sofì duvim id wicì hi oje ki de ruk hi pati. He gladì Alisa id probì voko, ba trawàn un o du minute, soje astufì hi voc. "De som wim is he avev u kos in gol," dezì de Grif; id setì sia in vark, skutan ha id plagan ha in ruk. Befènd de Semi Skeldan findì ru hi voc, id, ki ploje flujan niz gance, he proitì revos:—

"Tu av ne mojen ʒivo mol in mar—" ("Indèt, i av ne," dezì Alisa.) "—id mojse tu vidì nevos proseten a u humar—" ("Unvos i gustì—" inizì Alisa, ba ce stopì hastim id dezì: "Ne, nevos") "—sim tu moz avo nun idea ov ka ravizan se u Kadrìl Humaris!"

"Verim ne," dezì Alisa. "Ka sort dansi se je?"

"Voj," dezì de Grif, "prim un form u lin alòng maribèr—"

"Du line!" klajì de Semi Skeldan. "Foke, skeldane, salme, id sim pro; pos, wan un av deten ap ki tale meduze su de plaʒ—"

"Id da nem generalim mol tem," intrakotì de Grif.

"—un vad pro du stape—"

"Jakun ki u humar wim partenor!" usklajì de Grif.

"Naturim," dezì de Semi Skeldan: "du stape pro, sam ki partenore—"

"—pos un met humare, id ruvàd du stape," proitì de Grif.

"Pos, tu zav," proitì de Semi Skeldan, "un bas de—"

"De humare!" klajì de Grif, spritan op in al.

"—os dal te un moz in mar—"

"Un sniv pos la!" krijì de Grif.

"Det u voltisprìt in mar!" klajì de Semi Skeldan kadispritan matim aròn.

"Met humare revos!" julì de Grif od polen gol.

"Ru su de sand, id—id di s'tal po de pri figùr," dezì de Semi Skeldan, plozim alaisan hi voc; id de du kreatene, we avì ne stopen sprito aròn wim matine, sedì niz revos mol tristim id ticim, id spekì Alisa.

"Je doʒ so u mol lovi dans," dezì Alisa cojim.

"Vol tu, nu dik ja to u poj?" pragì de Semi Skeldan.

"Mol volim," dezì Alisa.

"Item, probem de pri figùr!" dezì de Semi Skeldan a de Grif. "Nu moz deto ja ane humare, ne veri? Ke ve santo?"

"Oh, *tu* sant," dezì de Grif. "I av oblasen de vorde."

Sim lu inizì danso aròn holtemim id aròn Alisa, od tem a tem trepan su ci podidige wan lu dansì pas tio ner, id vegan li pro-pate po bito temp, trawàn de Semi Skeldan, in u mol lan id tristi voc, santì di:—

U merlàn dez a u kolim "Bunvole ʒe hasto u poj!"
"U mariswin se berù na, id se vadan su mi koj.
Vize humare id skeldane we s' antolsan vado!
Lu se vartan su de galte—Vol vu in de dans ito?
    Vol vu, vol vu ne, vol vu, o ne, vol vu juto de dans?
    Vol vu, vol vu ne, vol vu ʒe, vol vu ne juto de dans?

Vu moz ne verim ʒe zavo kim delizi je ve so
Wan un nem na op id bas na ap, ki humare, a mar!"

De kolim ruvòk: "Tio dal, tio dal!" ki u misfedan glad,
Dez te he dask de merlàn, ba he vol ne de dans juto.
 Vol ne, moz ne, vol ne, moz ne, vol ne ze juto de dans.
 Vol ne, moz ne, vol ne, moz ne, moz ne ze juto de dans.

"Vez je ze ka dal nu it?" fendim ruvòk hi skaili fram.
"Tragòn de mar, vu zav, je ste un alten mariber,
Od Englia je s' apdalen, a Francia je s' mol maj ner—
Blicive ne, framen kolìm, id vene juto de dans.
 Vol vu, vol vu ne, vol vu, o ne, vol vu juto de dans?
 Vol vu, vol vu ne, vol vu ze, vol vu ne juto de dans?

"Daske, je s'u mol interesan dans a speko, "dezì Alisa, mol glaj te je avì stopen befènd; "id i gus verim da strani sant ov de merlàn!"

"Oh, ov merlàne," dezì de Semi Skeldan, "lu—Tu av ʒa vizen merlàne naturim?"

"Aj," ruvokì Alisa, "i av molvos vizen la be jed—" Ce stopì sia bruskim.

"I zav ne ko Jed moj ʒe so, "dezì de Semi Skeldan; ba, is tu av vizen la sa molvos, naturim tu zav kim lu usvìz."

"Aj, i kred," ruvokì Alisa tramenan. "Lu av li koje in muk—id se talim kroven ki diskriten pan."

"Ov diskriten pan tu se iran," dezì de Semi Skeldan: "je videv laven ap in mar. Ba lu av ʒe li koje in muk; i di se parkà—" Davos de Semi Skeldan javì id kluzì oje. "Dez co parkà id tal de rest," he dezì a de Grif.

"Di se parkà," dezì de Grif, "lu volì apsolutim ito danso ki humare. Sim lu vidì basen ap in mar. Sim lu doʒì falo mol dal. Sim lu setì li koje fistim in li muke, id lu mozì ne nemo la us. Di s'tal."

"Daske," dezì Alisa, "je s'mol interesan, i avì nevos leren samòl ov merlàne dafòr."

"I moz dezo to maj ov la, is tu vol," dezì de Grif. "Zav tu po ka vid uzen merlàne?"

"I av nevos menen ov ja," dezì Alisa. "Po ka?"

"*Po deto botite id cuse,*" ruvokì de Grif mol gravim.

Alisa sì talim pervirten. "Po deto botite id cuse!" ce redezì stumen.

"Voj, ki ka det un ti cuse?" pragì de Grif. "I vol dezo, po deto la gliro?"

Alisa gladì niz do la, tramenan u poj for ruvoko. "Un det la ki nar vosk, i kred."

"Botite id cuse ude mar," proitì de Grif in u duv voc, "vid deten ki bij vosk, bij merlàni vosk, tu zav ʒe te merlàn se u bij pic."

"Ki ka vid lu maken?" pragì Alisa mol gurnovim.

"Ki agle id marteli harke, naturim," ruvokì de Grif priże antolsam; "eni kriv avev mozen dezo ja to."

"Is i avev sen de merlàn," dezì Alisa, we sì jok menan ov de sant, "i avev dezen a de mariswìn 'Vade ru, prijim! Nu vol ne va ki na!'"

"Lu sì obvigen avo ha ki la," dezì de Semi Skeldan. "Nun razonli pic itev enia ane mariswìn."

"Verim?" dezì Alisa mol suprizen.

"Naturim ne," dezì de Semi Skeldan. "Voj, is u pic venev vizo ma, id dezì mo te he itev in u kruz su mar, i pragev ho 'Ki ka mariswìn?'"

"Vol vu ne dezo 'Ki ka marilìn?'" pragì Alisa.

"I zav wa i dez," ruvokì de Semi Skeldan, in un invunen tun. Id de Grif ajutì: "Item, retàl no ov ti aventure."

"I moz retalo vo mi aventure—inizan od di morna," dezì Alisa u poj cojim, "ba je s'anuzi ito ru a jesta, par i sì u disemi persòn davos."

"Usklàr no tal da," dezì de Semi Skeldan.

"Ne, ne! De aventure prim!" dezì de Grif in un antolsan tun: "usklarade nem u sa longi tem."

Sim Alisa inizì retalo lo ci aventure dod wan ce prim kogonì de Bij Konìl. Ce sì u poj nervos ov ja, be inìz, par de du kreatene stì sa ner ca, un be jaki zat, id oprì oje id muke sa latim; ba, proìtan, ce nemì karżad. Ci skucore stajì perfetim silan tis ce avenì a de part wan ce rezitì a de Rupa "Tu se seni, pater William", id tale de vorde venì disemi; davos de Semi Skeldan flesì duvim id dezì: "Di se mol strani!"

"Je moz ne so maj strani," dezì de Grif.

"Je venì talim disemi!" redezì de Semi Skeldan tramenim. "I gusev oro ca rezìto ekwa num. Dez co inìzo." He gladì de Grif wim is he kredev te he avev u sort autoritadi su Alisa.

"Ste op id rezìt 'Di s' de voc de lenzini'," dezì de Grif.

"Kim da kreatene gus komando va, id deto va redezo lesione!" menì Alisa. "Je sem mo te i se be skol." Nedamin ce stì op, id inizì rezìto ja, ba ci ment sì sa polen ki de Kadrìl Humaris, te ce zavì ne puntim ka ce sì dezan; id ci voke venì us verim ʒe strani:—

"Je s' de voc Humari: i orì ha dezo
"Vu kokì ma tio bran, i doʒ sukro mi fas."
Wim un and ki hi bek, sim he det ki hi nas
Aglìr hi gint, nobe, hi kleme vol mezo.
Wan de sand se sori, he s' gaj wim u monàrk,
Id in u mol nizprizi tun, vok ov de Hark:
Ba wan ven d' aflùd id de harke s' aneran,
Plozim hi voc av u coj zon id vid treman."

"Di se disemi od wa i rezitì wan i sì u kid," dezì de Grif.

"Voj, i som avì nevos oren ja dafor," dezì de Semi Skeldan, "ba je sem u samad ansinis."

Alisa dezì nit: ce avì seden niz ki ci fas in mande, pragan sio is eniwa videv ru normal evos.

"I gusev ʒe te un usklàr ja mo," dezì de Semi Skeldan.

"Ce moz ne usklaro ja," dezì de Grif hastim. "Proìt ki de slogan strof."

"Ba ov hi kleme?" instajì de Semi Skeldan. "Kim mozì he ʒe mezo la ki hi nas?"

"Di se de pri postàd in de dans," dezì Alisa, stragim pervirten pa tal da, id moran od zel meto de tema.

"Proìt ki de slogan strof," redezì de Grif: "je inìz ki '*I vadì pas hi gardin*'."

Alisa vozì ne dibeskuco, obte ce sì siuri te tal itev falsim, id ce proitì in u tremi voc:—

> *"I vadì pas hi gardin id za bemarkì,*
> *Kim Ugel id Pantèr u pasten dispartì:*
> *Pantèr nemì de krust, de sos id de mias,*
> *Ugel avì de plat id nit maj be suplàs.*
> *Wan de pasten sì fenden, wim kodàv, Ugel*
> *Avì de pomozad inpoko de kocèl:*
> *Id Pantèr, grunan, cepì de forkit id kotèl,*
> *Pos kokluzì de banket—"*

"Ka uzi se redezo tale da stupide?" intrakotì de Semi Skeldan, is tu usklàr ne tramezim wa je sin? Nevos in mi ʒiv i av oren ekwa maj permican!"

"Aj, i men je sev bunes stopo," dezì de Grif, id Alisa sì solem tio glaj deto ja.

"Vol tu te nu prob un alten figùr od de Kadrìl Humaris?" proitì de Grif. "O prigùs tu te de Semi Skeldan sant un alten sant?"

"Oh, u sant, prijim, is de Semi Skeldan vol so sa neti," ruvokì Alisa sa gurim te de Grif dezì in u priʒe invunen tun, "Hem! A jakun slogan hi guste! Sant ʒe co '*Skeldani Sup*', vol tu, seni man?"

De Semi Skeldan sofì duvim, id inizì i u voc stufen pa soje:—

> "*Magibèl sup, sa glen id dufan,*
> *In u caj supar vartan!*
> *Po sule delìʒe be vespen,*
> *Ke avev ne sia bojen?*
> *Vespeni sup, subebèl sup!*
> *Vespeni sup, subebèl sup!*
>   *Su—ubebèl Su—up!*
>   *Su—ubebèl Su—up!*
> *Ve—espeni su—u—up,*
>   *Subebèl sup! Subebèl sup!*

> *Magibèl sup! Ke volev ʒe galin,*
> *Pic, mias, id oʒe vilgin?*
> *Ke davev ne tal da po du p-*
> *avri monete od subebèl sup?*
> *Pavri monete od subebèl sup?*
>   *Su—ubebèl Su—up!*
>   *Su—ubebèl Su—up!*
> *Ve—espeni su—u—up,*
>   *Subebèl sup! Sube—BÈL SUP!*"

"Resànt revos!" klajì de Grif, id de Semi Skeldan avì pen inizen resanto ja wan un orì u klaj od dal: "De prosès inìz!"

"Item ʒe!" klajì de Grif, id, neman Alisa be mand, he hastì ap, ane varto de fend de santi.

"Ka prosès se je?" pragì Alisa renan id hafan; ba de Grif ruvokì solem "Item ʒe!" id renì maj spelim, trawàn maj id maj flabim, avenì do la, peren pa briz, de melankolic voke:—

"Ve—espeni su—u—up,
Subebèl, subebèl sup!"

Ke robì de tarte?

De Raj id Raja Karʒis sì sedan su li tron wan lu avenì, ki u gren trob insamen aròn la: tale sorte miki ovlis id bestis, sam ki tal de paket kartis. De Valet Karʒis sì stan pro la, in katene, garden pa du soldate be jaki zat; id ner de Raj stì de Bij Konìl, peran u trompet in un mand, id u rolen pergamin in de alten. Puntim bemìd de kort je stì u tab, ki su ja, u magi plat tartis: lu usvizì sa bun te je detì Alisa mol fami, solem gladan la—"I volev ʒe te de prosès fend," ce menì, "id te lu disdàv de africle!" Ba je semì sto nun cans po da; sim ce inizì glado tal aròn ca po paso ap de tem.

Alisa avì nevos iten in u ʒudikort dafòr, ba ce avì lisen ov la in bibe, id ce sì mol prijen findo te ce zavì de nome nerim tale zocis in za. "Da se de ʒudor," ce dezì sio, "par he per u gren perùk."

In pasan, de ʒudor sì de Raj; id wim he perì hi kron su de perùk (glade de frontispìz po vizo wim he detì ja), he semì talim ne komforti, id je sì siurim ne eleganti.

"Id da se de curiji banc," menì Alisa; "id da desdù kreatene," (ce sì obvigen dezo 'kreatene' par, vu viz, eke sì beste id altene ovle), "I forsèt te lu se de curiore." Ce redezì sio di posni vord du o tri vose, priƺe stol od zavo ja, par ce menì, id os regim ƺe, te mol poje ƺikitas ci aldi konì ji sinad. Pur, un avev os bun mozen uzo 'curimane'.

De desdù curiore sì tale mol benemen a skrivo su slise. "Ka se lu detan?" pragì Alisa laisim a de Grif. "Lu av nit a noto for de prosès inìz."

"Lu se skrivan li nome," murmurì de Grif in ruvòk, "od fraj lu moj oblaso la for de fend de prosesi."

"Ka stupine!" inizì Alisa in u lud disirgen voc, ba ce stopì hastim, par de Bij Konìl klajì "Silad in de kort!" id de Raj setì su hi okle od gladì angostim aròn, po vizo ke avì vozen voko.

Alisa mozì vizo, os bun te is ce sev gladan sube li spulde, te tale curiore sì skrivan "Stupine!" su li slise, id oƺe un od la we zavì ne kim regiskrivo "stupine" id doƺì prago a hi nersan litero ja ho. "U bel micmàc ve so lu li slise tis de fend de prosesi!" menì Alisa.

Un od de curiore avì u graf we krisì. Naturim Alisa mozì ne uspero da, id ce itì aròn de kort, slizì sia berù ha, id beprù findì de uskàz po nemo ap de graf. Ce detì ja sa spelim te de pavri miki curior (je sì Bill, de Lazàrt) incepì ƺe nit ov wa uspasì; sim, pos avo ceken ja talia, he sì obvigen skrivo ki u dig trawàn tal de prosès, wa sì ƺe poj uzi, par de dig lasì nun mark su de slis.

"Heràld, lise de akulpad!" usklajì de Raj.

Su da, de Bij Konìl flì tri vose in hi trompet, pos usrolì de pergamin id lisì wa slogì:—

> *"De Raja Karƺis makì eke tarte,*
> *Tal alòng u somu dia:*
> *De Valet Karƺis, he robì da tarte*
> *Id ap he perì ƺe la!"*

"Debate ov vi verdèz," dezì de Raj a de curij.

"Ne jok, ne jok!" protestì de Bij Konìl hastim. "Je ste ʒe mol a deto for da! "

"Cale de pri vizdezor," dezì de Raj. Suprù de Bij Konìl flì tri vose in hi trompet, id klaɉì: "Pri vizdezor!"

De pri vizdezor sì de Kapor. He venì in ki u tas in u mand id u slit butiren pani in de alten. "I prag vo perdàv, vi Magistad," he inizì, "po apero di; ba i avì ne talim fenden mi tej wan un calì ma."

"Vu avev doʒen fendo ja," dezì de Raj. "Kan inizì vu?"

De Kapor gladì de Marsi Haz, we avì slogen ha in de ʒudikort, ram su ram ki de Sopimùs. "Be deskweri Mars, i *kred* ʒe je sì," he dezì.

"Be despini," dezì de Marsi Haz.

"Be dessesi," dezì de Sopimùs.

"Note tal da," dezì de Raj a de curij; id de curiore skrivì gurim de tri date su li slise, pos adizì la id kovirì de resultad in cilinge id penije.

"Neme ap vi kap," dezì de Raj a de Kapor.

"Je s' ne mìa," dezì de Kapor.

"*Roben!*" usklajì de Raj, viran sia do de curij we notì de fakt anmidim.

"I av la po vendo la," ajutì de Kapor wim usklarad. "Nun od la potèn mo. I s' u kapor."

Davos de Raja setì su ci okle id inizì staro de Kapor sa darim te he vidì ʒe blic id vegen.

"Dave vi vizdèz," dezì de Raj; "id se ne sa nervos, altem i det va eksekuten su de plas."

Di semì talim ne inkarʒado de vizdezor: he proitì hopo od u pod su de alten, gladan skurim de Raja, id in hi permicad he gisì u gren pez od hi tas instà od hi butiren pan.

Puntim be da momènt, Alisa felì u mol strani sensad, we trublì ca ʒe mol tis ce incepì wa je sì: ce sì reinizan greso. Prim ce menì ov sto op id laso de kort, ba, posmenan, ce becizì stajo wo ce sì os longim te je stì sat plas po ca.

"I volev ʒe, tu striz ne ma sim," dezì de Sopimùs, we sì sedan be ci zat. "I moz pen fleso."

"Je s' ne mi kulp," dezì Alisa mol udenizim: "I se gresan."

"Tu av nun reg greso zi," dezì de Sopimùs.

"Deze ne stupide," dezì Alisa maj baldim "vu zav te vu os se gresan."

"Aj, ba i gres be u razonli spelid," dezì de Sopimùs: "ne in da larli mod." Id he stì op mol smutim id vadì tra de kort po sedo be de alten zat.

Trawàn tal da de Raja avì ne stopen staro de Kapor, id puntim wan de Sopimùs sì itan tra de kort, ce dezì a un od de korti ofisiore, "Apèr mo de list santoris be de posni konsèrt!" Su da de waji Kapor inizì tremo samòl te he skutì ap hi cuse.

"Dave vi vizdèz," redezì de Raj furicim, "o i det va eksekuten, is vu se nervos o ne."

"I s' u pavri man, vi Magistad," inizì de Kapor in u treman voc, "id i avì ne jok inizen mi tej—ne dod maj te u sedia beròn—id wim de butiren pan sì vidan sa tin—id de tej stijan—"

"*Ka* sì stijan?" pragì de Raj.

"Tal *inizì* ki de tej," ruvokì de Kapor.

"Naturim 'tal' *inìz* ki u T!" dezì de Raj skerpim. "Nem tu ma po u dun asel? Proìt!"

"I s' u pavri man," proitì de Kapor, "id pos tale zoce inizì stijo—solem de Marsi Haz dezì—"

"I dezì ʒe nit!" intrakotì de Marsi Haz mol hastim.

"Tu dezì ja!" dezì de Kapor.

"I neg ja!" dezì de Marsi Haz.

"He neg ja," dezì de Raj: "uslase di part."

"Voj, in eni kaz, de Sopimùs dezì—" proitì de Kapor, gladan aròn skurim po vizo is de Sopimùs negev ja os; ba he negì ʒe nit par he sì sopan duvim.

"Dapòs," proitì de Kapor, "i kotì alten slite butiren pani—"

"Ba ka dezì de Sopimùs?" pragì un od de curij.

"Da i moz ne rumeno," dezì de Kapor.

"Vu *doʒ* rumeno," rumarkì de Raj, "o i ve deto va eksekuten."

"De mizeric Kapor lasì falo hi tas id hi butiren pan, id setì u ken su bod. "I s' u pavri man, vi Magistad," he inizì.

"Vu se ʒe u mol pavri *vokor*," dezì de Raj.

Be di voke un od de indiswìne aplodì, id vidì anmidim astufen pa de korti ofisiore. (Wim di se priʒe anlezi a incepo, i ve usklaro vo wim lu detì. Lu avì u magi teili sak, we vidì kluzen ki spage: in da lu slizì de indiswìn, keb pro, pos lu sedì su ja.)

"I se glaj avo vizen da," menì Alisa. "Sa molvos i av lisen in novare, be fend prosesis, 'Je stì u prob aplodis, we vidì anmidim astufen pa korti ofisiore', ba tis odia, i avì nevos incepen wa je sinì."

"Is di se tal wa vu zav ov de kaz, vu moz stepo niz," proitì de Raj.

"I moz ne ito maj niz," dezì de Kapor: "i se ʒa su de plor."

"In di kaz, vu moz *sedo* niz," ruvokì de Raj.

Be di voke de duj indiswìn aplodì, id vidì astufen.

"Bun, ap ki de indiswìne!" menì Alisa. "Num tal ve ito bunes."

"I prigusev fendo mi tej," dezì de Kapor, gladan angostim de Raja we sì lisan de list santoris.

"Vu moz ito ap," dezì de Raj, id de Kapor hastì us de kort, ane oʒe varto po seto su hi cuse.

"—id kote ʒe ap hi keb usia," ajutì de Raja a un od de ofisiore; ba de Kapor avì ʒa disvanen for de ofisior avenì a de dor.

"Cale de slogan vizdezor!" dezì de Raj.

De slogan vizdezor sì de kokora de Duku. Ce perì de pepèl in mand, id Alisa gedì ke je sì oʒe for ce itì in de hal, wan de liente ner de dor inizì snico tale sam.

"Dave vi vizdèz," dezì de Raj.

"I apnèg," dezì de kokora.

De Raj gladì anticim de Bij Konìl, we dezì in u lais voc, "Vi Magistad doʒ gonkesto di vizdezor."

"Voj, is i doʒ, i doʒ," dezì de Raj melankolicim, id, pos avo krosen rame id riklen brove a de kokora tis hi oje avì nerim disvanen, he dezì in u gravi voc, "Ki ka mak un de tarte?"

"Ki pep, cevim," dezì de kokora.

"Ki melàs," murmurì u sopic voc berù ca.

"Cepe da Sopimùs a gol!" julì de Raja. "Apkebe da Sopimùs! Usprose da Sopimùs! Astufe ha! Snipe ha! Kote ap hi mustace!"

Trawàn de eke minute nudi po usproso de Sopimùs, u gren permicad privaldì in de kort, id wan talun avì stalen sia ru, de kokora avì disvanen.

"Je vez nit!" dezì de Raj, usvizan mol aplejen. "Cale de slogan vizdezor." Id he ajutì laisvocim a de Raja, "Verim, keri frama, vu doʒ gonkesto de slogan vizdezor. Je dav mo gren kebidole!"

Alisa spekì de Bij Konìl tracekan de list po findo de slogan vizdezor, mol gurnovi po vizo ke mojev so de slogan vizdezor, "—par tis num, lu av ne mole pruve," ce dezì sio. Imaʒine ci suprìz, wan de Bij Konìl lisì mol lud ki hi skrili miki voc, de nom "Alisa!"

KAPITEL XII

De vizdèz Alisu

"Prosàn!" klajì Alisa, oblasan in de vegad de momenti kamòl ce avì gresen in de eke fori minute, id ce spritì op sa racim te ce nizvoltì de banc curiji ki de ber ci jupi, udevirtan tale curiore we falì su de kebe de trobi benìz, id za lu leʒì valpan ki pate op, pomenan co mol u glob goripicis wen ce avì udevirten obfalim de sedia dafòr.

"Oh, i *prag* vo perdàv!" ce usklajì, in u mol pervirten tun, id ce inizì nemo la op os spel te mozli, par de obfàl de goripicis sì renan in ci ment, id ce avì u valgi idea te un doʒì kosamo la suprù id seto la ru su li banc, altem lu morev.

"De prosès moz ne provado," dezì de Raj mol gravim, "for tale curiore se ru be li regi sede—tale," he redezì mol instajan id staran Alisa darim.

Alisa gladì de banc curiji, id vizì te in ci hast, ce avì seten ru de Lazàrt keb niz, id de pavri best sì disvegan hi koj melankolicim, talim anabli muvo. Suprù ce nemì ha op id setì ha ru in de regi postàd; "pur je vez ne mol," ce dezì sio; "i kred ne, he sev mol uzi in de prosès in un sens o alten."

Osprù te de curiore avì ruvenen u poj od de cok vido udevirten, id un avì finden id daven ru lo li slise id grafe, lu inizì varko mol incerim po skrivo u storij de obfali, tale usim de Lazàrt, we semì tio obpresen po deto eniwa usim sedo ki opren muk, spekan op de subia de korti.

"Ka zav vu ov de kaz?" pragì de Raj a Alisa.

"Nit," dezì Alisa.

"Nit, *apsolutim?*" instajì de Raj.

"Nit, apsolutim," ruvokì Alisa.

"Di se mol vezi," dezì de Raj, viran sia do de curij. Lu sì puntim inizan noto ja su li slise, wan de Bij Konìl intravenì: "*An*vezi, vu vol dezo, vi Magistad, naturim," he dezì in u mol ruspekan tun, ba riklan brove id griman ho somtemim.

"*An*vezi, naturim, i volì dezo," dezì de Raj hastim, dapòs he proitì redezo sio laisim: "vezi—anvezi—anvezi—vezi—" wim is he probì findo kel vord zonì bunes.

Eke curiore notì "vezi" id altene "anvezi". Alisa mozì vizo da, par ce sì sat ner po liso su li slise; "ba je vez talim ne," ce menì.

Be da momènt de Raj, we avì sen mol benemen skrivan dod ek tem in hi notar, klajì "Silad!" id lisì ludim, "Regel Kwerdesdu. *Tale persone maj alti te un kilometer doz laso de kort.*"

Talun gladì Alisa.

"I *s' ne* un kilometer alti," dezì Alisa.

"Pur, vu se," dezì de Raj.

"Nerim du kilometre," ajutì de Raja.

"Enwim i v' ne ito ap," dezì Alisa: "idmàj, di s' ne u veri regel: vu av pen usfinden ja num."

"Je s' de maj veti regel in de kodìz," dezì de Raj.

"In di kaz, je dozev so Numar Un," dezì Alisa.

De Raj vidì blic, id kluzì hi notar hastim. "Debate ov vi verdèz," he dezì a de curij in u lais treman voc.

"Prijim, vi Magistad, je ste jok alten pruve a vizo," dezì de Bij Konìl, spritan op racim: "Un av pen finden di papìr."

"Ka s' in ja?" pragì de Raja.

"I av ne jok opren ja," dezì de Bij Konìl; "ba je sem so u skrit, skriven pa de karsen a— a ekun."

"Je doz so da," dezì de Raj, "usim is je vidì skriven a nekun, we se prize rari, vu zav."

"A ken vid je adresen?" pragì un od de curiore.

"Je vid adresen a nekun," ruvokì de Bij Konìl, "in fakt je ste nit skriven su de *usi zat*." He dipeldì de papìr wan he vokì, id ajutì "Pos tal, je s' ne u skrit; je s' u samad versis."

"Se lu in de mandiskrivad de karseni?" pragì un alten curior.

"Ne, lu s' ne," dezì de Bij Konìl, "i di se de maj strani ov ja." (Tal de curij usvizì permicen.)

"He av doʒen somideto de skrivad ekuni alten," dezì de Raj. (Be da voke de curij lucivì revos.)

"Prijim, vi Magistad," dezì de Valet Karʒis, "i skrivì ne ja, id un moz ne pruvo te i detì ja: je s' ne udesigen."

"Is vu udesigì ne ja," dezì de Raj, "da solem det zoce pejes. Is vu avev ne aven mali intele, vu avev udesigen vi nom wim un inregi man."

Be da voke talun aplodì, par je sì de pri verim inteligan zoc wen de Raj avì dezen da dia.

"Da *pruv* hi kulpid, naturim," dezì de Raja: "Sim, kote ap— "

"Di pruv ʒe talim nit!" dezì Alisa. "Voj, vu zav oʒe ne ka dez da verse!"

"Lise la," dezì de Raj.

De Bij Konìl setì su hi okle. "Ko doʒ i inìzo, prijim vi Magistad?" he pragì.

"Inize be inìz," dezì de Raj mol gravim, "id proìte tis vu avèn a de fend; dapòs stope."

Je stì u mori silad in de kort, trawàn de Bij Konìl lisì de slogan verse:—

"Lu dezì mo, vu itì co,
Id vokì ov ma ho:
U bun karaktir ce davì mo,
Ba dezì, i mozì ne snivo.

He skrivì lo, i avì ne iten
(Nu zav te veri je av sen):
Is de del ce vol proìto,
Ka ve tu ʒe vido?

I davì un co, lu davì du ho,
Vu davì no tri o maj;

> *Lu tale ruvenì od ha vo,*
> *Id laj, lu sì mìas nemaj.*

> *Is usfalim i o ce videv*
> *In di del inpleten,*
> *Lifrizo la, aj vu doʒev,*
> *Wim nu vidì lifrizen.*

> *Mi menad sì, vu avì sen*
> *(For de atàk plagì ca)*
> *Un obstàd we avì venen*
> *Intra ha, na, id ja.*

> *Las he ʒav ne, ce liamì la*
> *bunes, par di doʒ stajo*
> *Evim u sekrèt ap tale la,*
> *Wen tu id i ve garo."*

"Di se de maj veʒi pruv wen nu av oren tis num," dezì de Raj, trofan hi mande: "sim las de curij—"

"Is eni od de curiore moz usklaro ja," dezì Alisa (ce avì gresen samòl in de eke fori minute te ce frajì talim ne intrakoto ha), "I ve davo ho ses penije. I som men te je av apsolutim nun sin."

Tal de curij skrivì su li slise, *"Ce men te je av apsolutim nun sin;"* ba nun od la probì usklaro de verse.

"Is je av nun sin," dezì de Raj, "di ve sparo no mole truble, vu ʒav, par nu v' ne nudo findo un. Id pur, i ʒav ne," he proitì, spanan de papìr su hi kene, id spekan ja ki un oj: "je sem mo te lu sin ekwa, pos tal. '—*dezì, i moʒì ne snivo*—' vu moz ne snivo, ne verì?" he ajutì avokan a de Valet.

De Valet skutì hi keb tristim. "Usvìz i wim u snivor?" he pragì. (Id he usvizì siurim *ne* sim, san maken talim in kartòn.)

"Tal se regi, tis num," dezì de Raj, id he proitì mumo sio de verse: "'*nu zav te veri je av sen'*—da se de curij, naturim—'*Is de del ce vol proìto*'—di doʒ so de Raja—'*Ka ve tu ʒe vido?*'— Ka vido, verim!—'*I davì un co, lu davì du ho*'—Voj di se siurim wa he detì ki de tarte, vu zav—"

"Ba je proìt ki '*Lu tale ruvenì od ha vo*', dezì Alisa.

"Naturim, zis lu!" dezì de Raj triumfim, dikan de tarte su de tab. "Nit moz so klares te da. Id pos—'*For de atàk plagì ca*'—vu avì nevos eni atake, keri frama, i kred?" he pragì a de Raja.

"Nevos!" usklajì de Raja furicim, basan u tinkar a de Lazart somtemim. (De anfelic miki Bill avì stopen skrivo su hi slis ki u dig, vizan te je lasì ne marke; ba num he reinizì hastim, uzan de tink we sì rijan niz hi fas, for je sorivì.)

"Sim da vorde *atàk* ne va," dezì de Raj, gladan aròn de kort ki u smij. Je stì u mori silad.

"Je s' u vordijeg!" de Raj ajutì irgim, id talun inlarì. "Las de curij debàt ov li verdèz," dezì de Raj, po beròn de dudesi vos da dia.

"Ne, ne!" dezì de Raja. "De perzudad prim, de verdèz dapòs."

"Stupi id ansini!" dezì Alisa ludim. "Avo de perzudad prim!"

"Sile ʒe!" ordezì de Raja, purpi of furij.

"I v' ne silo!" dezì Alisa.

"Kote ap ci keb!" julì de Raja od polen gol. Nekun muvì.

"Ke pocèr ov *va*?" dezì Alisa (ce avì num gresen a ci normal altid). "Vu se solem u paket kartis!"

Be di voke tale karte livì op in al id falì niz su ca; ce usì u krijit, somtemim od fraj id irgad, id probì rubìto la, id findì sia leʒan su de rivibèr, ci keb resan su de kene ci sestu, we sì sovim brosan ap ci fas eke mori fole falen ap de dreve.

"Vek ta, Alisa kerina!" dezì ci sesta. "Ka longim tu av sopen!"

"Oh, ka strani soin i av aven!" dezì Alisa. Id ce retalì a ci sesta, os bun te ce mozì rumeno la, tale da strani aventure wen vu av pen lisen; id wan ce avì fenden, ci sesta kisì ca, id dezì "Je sì siurim u mol strani soin, kerina; ba num ren spel a dom po nemo ti tej: je se vidan posen." Sim Alisa stì op id renì ap, midwàn menan, os bun te ce mozì, ov de mirvizi soin wen ce avì.

Ba ci sesta stajì sedan, anmuvi, wim Alisa avì lasen ca, staban ci keb su u mand, spekan de solifàl id menan ov miki Alisa id tale ci mirvizi Aventure, tis ce os inizì soino ekimodim, id di sì ci soin:—

Prim ce soinì ov miki Alisa som. Revos de miki mande sì strizen su ci kene, id de brij, guri oje sì spekan op in cìas—ce mozì oro de tune som ci voci, id vizo da strani miki muv ci kebi po baso ru de kevile we siudì talvos falo in ci oje—id trawàn ce skucì, o kredì skuco, tal aròn ca vidì ʒivi ki de strani kreatene od de soin ci sestu.

De longi graz ruisì be ci pode wan de Bij Konìl hastì pas—De afrajen Mus placì tra de nersan lug—Ce mozì oro de rum tejitasis wan de Marsi Haz id hi frame kopartì li anfendi jedad, id de skrili voc de Raju ordezan de eksekutad ci waji gostis—Unvos maj de swinibeb sì snican su kene de Duku, trawàn plate id talare kracì aròn ha—Unvos maj de krij de Grifi, de krisad de grafi su de slis de Lazarti, id de sofe de astufen indiswinis, polnì de al, micen ki de dali soje de mizeric Semi-Skeldani.

Sim ce stajì sedan, ki kluzen oje, mij kredan ce sì in Mirviziland, obte ce zavì te je satev opro la revos, po findo de tuc realad—De graz sev solem ruisan in vint, de lug videv riklen pa de vegan roske—De rum tejitasis videv tingan ovini klole, id de skrili krije de Raju sev de voc de miki herdori—De snice de bebi, de krij de Grifi, id tale de alten strani rume videv (ce zavì ʒe ja) de permicen rumad od de farmikort—Trawàn de dali mugad govus replasev de war soje de Semi-Skeldani.

Fendim ce inpictì sio da miki sesta som avan viden u gresen ʒina, id wim Alisa garev in tale ci futuri jare, ci slimi id liaman kidikarʒ; id wim ce kosamev aròn ca alten kidite, po deto li oje brij id guri retalan lo mole strani storije, mojse oʒe da soin ov Mirviziland od longim dafòr; id wim ce kopartev tale li slimi grume, id ce findev prijad in tale li slimi glajade, rumenan ci siavi kidad id de felic somu dias.

A short grammar of Uropi

ALPHABET AND PRONUNCIATION

There are 24 letters in Uropi. Each letter corresponds to a sound and each sound to a letter.

Aa Bb Cc Dd Ee Ff Gg Hh Ii Jj Kk Ll
Mm Nn Oo Pp Rr Ss Tt Uu Vv Ww Zz Ʒʒ

a	[a] like *a* in Italian or Spanish **casa**
ai, aj	[aɪ] like *y* in English **why**
au, aw	[aʊ] like *ow* in English **how**
b	[b] like *b* in English **buy**
c	[ʃ] like *sh* in English **shy**
d	[d] like *d* in English **die**
e	[e] like *e* in Italian or Spanish **pepe**
ei, ej	[eɪ] like *ay* in English **say**
eu, ew	[eʊ] like *eu* in Italian or Spanish **Europa**
f	[f] like *f* in English **fly**
g	[g] like *g* in English **guy**
h	[h] like *h* in English **high**

i	[i] like *i* in Italian or Spanish v**i**no
ij	[ij] like *ille* in French f**ille**
j	[j] like *y* in English **y**ou
k	[k] like *c* in English **c**ry
l	[l] like *l* in English **l**ie
m	[m] like *m* in English **m**y
n	[n] like *n* in English **n**igh
oi. oj	[ɔɪ] like *oy* in English **oy**ster
ou, ow	[ou] like *ow* in English l**ow**
r	[r] like a rolled *r* in Italian or Scots
s	[s] like *s* in English **s**igh
u	[u:] like *oo* in English m**oo**se
ui, uj	[ui] like *ooey* in English g**ooey**
z	[z] like *z* in English **z**oo
ʒ	[ʒ] like *si* in English vi**si**on

STRESS

In general the stress falls on the root; which means that neither prefixes, nor suffixes, nor endings are stressed. For the root **viz-** 'see', for example: **vizo** 'to see' ['vizo], **vizad** 'sight' ['vizad], **forvizo** 'to foresee' [for'vizo], **forvizad** 'forecast' [for'vizad], **forvizade** 'forcasts' [for'vizade]. Exceptions are marked by the use of the grave accent, as with these categories:

- International nouns ending with a vowel: **taksì** 'taxi' [tak'si], **menù** 'menu' [me'nu], **klicè** 'cliché [kli'ʃe], **burò** 'bureau' [bu'ro].
- Verbs in the preterite: **i vizì tu venì he jedì lu sopì** 'I saw you came he ate they slept' [i vi'zi tu ve'ni he je'di lu so'pi]
- The suffixes -**èl** (instrument) and -**ìst** (specialist or supporter): **kotèl** 'knife' [ko'tel], **dantìst** 'dentist' [den'tist], **facìst** 'fascist [fa'ʃist].

NOUNS

In Uropi there are two types of nouns: those ending in a **consonant** and those ending in -**a**

GENDER

Masculine nouns end in consonant. They designate only beings of male sex and correspond to the pronoun **he** 'he'. Examples: **doktor** 'doctor', **frat** 'brother', **kat** 'cat', **kun** 'dog', **kwal** 'horse', **man** 'man', **pater** 'father'.

Feminine nouns end in -a. They designate only beings of female sex and correspond to the pronoun **ce** 'she'. Feminine nouns can be formed by adding **-a** to masculine nouns: **kat** > **kata**. Examples: **aktora** 'actress', **kata** 'she-cat', **kuna** 'bitch', **kwala** 'mare', **mata** 'mother', **sesta** 'sister', **tiota** 'aunt', **ʒina** 'woman'.

Neuter nouns comprise the rest. They correspond to the pronoun **je** 'it'. They end either in a **consonant** or in **-a**. Examples: **has** 'house', **luc** 'light', **natùr** 'nature', **strad** 'street', **tag** 'roof', **vag** 'car'; **dia** 'day', **kina** 'cinema', **sta** 'place', **teatra** 'theatre', **vima** 'winter'.

NUMBER

Nouns ending in a consonant take an **-e** in the plural. Examples: **doktore** 'doctors', **frate** 'brothers', **kate** 'cats', **kune** 'dogs', **kwale** 'horses', **mane** 'men', **patre** 'fathers'; **hase** 'houses', **luce** 'lights', **natùre** 'natures', **strade** 'streets', **tage** 'roofs', **vage** 'cars'.

Nouns ending in **-a** take an **-s** in the plural. Examples: **aktoras** 'actresses', **katas** 'she-cats', **kunas** 'bitches', **kwalas** 'mares', **matas** 'mothers', **sestas** 'sisters', **tiotas** 'aunts', **ʒinas** 'women'; **dias** 'days', **kinas** 'cinemas', **stas** 'places', **teatras** 'theatres', **vimas** 'winters'.

CASE

Although pronouns (see below) have accusative, dative, and genitive forms in Uropi, only the genitive is used with nouns. The genitive indicates **possession** (like the *'s* in English).

Nouns ending in a **consonant** take an **-i**, in the singular, and **-is** in the plural. Examples: **mani** 'man's', **vagi** 'car-, of a car', **kuni** 'dog's', **kwalis** 'horses", **de kunis** 'the dogs", **de tage de hasis** 'the roofs of the houses, **de kun mi patri** 'my father's dog', **de luce de vagis** 'the lights of the cars'.

Nouns ending in **–a**, replaced the **-a** by **-u** in the singular, and **-us** in the plural. Examples: **veste ʒinus** 'women's clothes', **de fram ti sestu** 'your sister's friend', **un aktora kinu** 'a film star (cinema actress)', **de mata mi kuzinu** 'my cousin's mother'.

The genitive can be used to form adjectives from nouns. Examples: **noc** 'night' > **noci** 'night-, nightly', **noci ovel** 'night bird', **diu fafil** '(day) butterfly'; **man** > **mani** 'man's, masculine', **mani veste** 'men's clothes', **ʒinu moda** 'women's fashion'.

The genitive is used to form compounds. Examples: **vag + luc** > **vagilùc** 'car light, headlight', **vod** 'water' + **fal** 'fall' > **vodifàl** 'waterfall', **strad** 'street' + **lamp** 'lamp' > **stradilàmp** 'streetlamp', **vima** 'winter' + **sport** > **vimusporte** 'winter sports', **kina + stel** 'star' > **kinustèl** 'film star'.

A D J E C T I V E S

In Uropi adjectives are invariable; They are always placed in front of the noun they qualify. Examples: **u jun man** 'a young man', **mi seni mata** 'my old mother', **nar kate** 'black cats', **de somu dias** 'the summer days', **u famos aktora** 'a famous actress'.

Uropi comparatives can be formed in two ways to indicate a greater degree:
> **maj ... te** 'more ... than', '...er than'
> **-es ... te** 'more ... than', '...er than'

Examples:

ce se maj jun te i	'she is younger than I'
ce se junes te i	'she is younger than I'_
i se maj seni te ce	'I am older than she'
i se senies te ce	'I am older than she'

The lesser degree is formed with **min ... te** 'less ... than', not so ... as'.
Example:
> **vu se min alti te he**   'you are not so tall as he'

The lesser degree is formed with **os ... te** 'as ... as'
Example:
> **he se os glaj te tu**   'he is as merry as you'

Uropi superlatives can be formed in two ways to indicate a greater degree:
> **de maj ...** 'the most ...'
> **de -es** 'the most ...'

Example:
> **di flor se de maj bel** 'this flower is the most beautiful'
> **di flor se de beles** 'this flower is the most beautiful'

The lesser degree is formed similarly: **de min** ... 'the least ...'
Example:

> **he se de min seni od tale** 'he is the least old of all'

ARTICLES

In Uropi, there are two articles, definite and indefinite.

The definite article is **de** 'the'; it is used for *all* nouns. Examples: **de man** 'the man', **de mata** 'the mother', **de kat** 'the cat', **de hase** 'the houses'. Compare the demonstrative adjectives **di** 'this, these' and **da** 'that, those'.

The indefinite article is **u** (**un** before a vowel) 'a, an' has no plural form. Examples: **u kun** 'a dog', **u kuna** 'a bitch', **un ovel** 'a bird', **mane** 'men', **kate** 'cats'.

PRONOUNS

Nominative	Accusative	Dative	Genitive
i 'I'	ma 'me'	mo 'to me'	mi 'my'
tu 'you (sing.)'	ta 'you (obj.)'	to 'to you'	ti 'your'
he 'he'	ha 'him'	ho 'to him'	hi 'his'
ce 'she'	ca 'her'	co 'to her'	ci 'her'
je 'it'	ja 'it'	jo 'to it'	ji 'its'
nu 'we'	na 'us'	no 'to us'	ni 'our'
vu 'you (pl.)'	va 'you'	vo 'to you'	vi 'your'
lu 'they'	la 'them'	lo 'to them'	li 'their'

With these are also found the indefinite pronoun **un** 'one', and the reflexive pronoun **sia** 'oneself' which is inflected in the dative and genitive **sio** 'to oneself', possessive **siu** 'one's'.

INTERROGATIVE AND SUBORDINATE PRONOUNS

ka?	what?	**wa...**	what, which
kamòl /e?	how much /many?		
kan?	when?	**wan...**	when
ke?	who? (subject)	**we...**	who, which (relative pr.)
ken?	who? (object)	**wen...**	whom, which, that (rel. pr.)
kej?	whose? (possession)	**wej...**	whose (possession).

kel/e?	which? which one/s?		
kim?	how?	wim...	as, like
ko?	where?	wo...	where
parkà?	why?		

VERBS

The Uropi verbal system can be summed up with three formulas:

-o, -an, -en,   ∅, -ì, -ev,   ve -o, se -an, av -en, vid -en

INFINITIVE AND PARTICIPLES
-O, -AN, -EN

The infinitive is formed with the ending -o
Examples: **avo** 'to have', **flo** 'to blow', **jedo** 'to eat', **liso** 'to read', **opro** 'to open' **skrivo** 'to write', **so** 'to be, **sopo** 'to sleep', **veno** 'to come'.

The present participle is formed with the ending **-an**
Examples: **avan** 'having', **flan** 'blowing', **jedan** 'eating', **lisan** 'reading', **opran** 'opening' **skrivan** 'writing', **san** 'being', **sopan** 'sleeping', **venan** 'coming'.

The past participle is formed with the ending **-en**
Examples: **avo** 'had', **flen** 'blown', **jeden** 'eaten', **lisen** 'read', **opren** 'open', **skriven** 'written', **sen** 'been', **sopen** 'slept', **venen** 'come'.

SIMPLE TENSES:
PRESENT, PAST, CONDITIONAL
∅, -ì, -EV

The present tense is formed with no ending (∅) or with the ending -e where required for pronunciation.
Examples: **av** 'has', **fle** 'blows', **jed** 'eats', **lis** 'reads', **opre** 'opens', **skriv** 'writes', **se** 'is', **sop** 'sleeps', **ste** 'stands', **ven** 'comes'

The past tense is formed with the ending -ì
Examples: **avì** 'had', **flì** 'blew', **jedì** 'ate', **lisì** 'read', **oprì** 'opened', **skrivì** 'wrote', **sì** 'was', **sopì** 'slept', **stì** 'stood', **venì** 'came'

The conditional tense is formed with the ending -ev
Examples: **avev** 'would have', **flev** 'would blow', **jedev** 'would eat', **lisev** 'would read', **oprev** 'would open', **skrivev** 'would write', **sev** 'would be', **sopev** 'would sleep', **stev** 'would stand', **venev** 'would come'

COMPOUND TENSES:
FUTURE, DURATIVE, PRESENT PERFECT,
PASSIVE
VE ‑O, SE ‑AN, AV ‑EN, VID ‑EN

The auxiliary verbs are so 'to be', **avo** 'to have', **vido** 'to get', and the future particle **ve** which functions like 'going to, shall, will'.

The future tense is formed with the future particle and the infinitive, **ve** + ...o
Examples: **ve avo** 'will have', **ve flo** 'will blow', **ve jedo** 'will eat', **ve liso** 'will read', **ve opro** 'will open' **ve skrivo** 'will write', **ve so** 'will be, **ve sopo** 'will sleep', **ve veno** 'will come'.

The durative (progressive or continuous) is formed with the verb 'to be' and the present participle, **se** + ...an. It is used to express the duration or the continuity of an action
Examples: **se avan** 'is having', **se flan** 'is blowing', **se jedan** 'is eating', **se lisan** 'is reading', **se opran** 'is opening' **se skrivan** 'is writing', **se san** 'is being, **se sopan** 'is sleeping', **se venan** 'is coming'.

The present perfect is formed with the present tense of the verb 'to have' and the past participle, **av** + ...en.
Examples: **av aven** 'has had', **av flen** 'has blown', **av jeden** 'has eaten', **av lisen** 'has read', **av opren** 'has opened', **av skriven** 'has written', **av sen** 'has been, **av sopen** 'has slept', **av venen** 'has come'.

The pluperfect is formed with the past tense of the verb 'to have' and the past participle, **avì** + ...en.
Examples: **avì aven** 'has had', **avì flen** 'has blown', **avì jeden** 'has eaten', **avì lisen** 'has read', **avì opren** 'has opened', **avì skriven** 'has written', **avì sen** 'has been, **avì sopen** 'has slept', **avì venen** 'has come'.

The past conditional is formed with the conditional tense of the verb 'to have' and the past participle, **avev + ...en.**
Examples: **avev aven** 'would have had', **avev flen** 'would have blown', **avev jeden** 'would have eaten', **avev lisen** 'would have read', **avev opren** 'would have opened' **avev skriven** 'would have written', **avev sen** 'would have been, **avev sopen** 'would have slept', **avev venen** 'would have come'.

The passive is formed with the verb 'to get' and the past participle, **vid + ...en.**
Examples of the present passive: **vid aven** 'is had', **vid flen** 'is/gets blown', **vid jeden** 'is/gets eaten', **vid lisen** 'is/gets read', **vid opren** 'is/gets opened' **vid skriven** 'is/gets written', **vid sen** 'is/gets been, **vid sopen** 'is/gets slept', **vid venen** 'is/gets come'.

Examples of the past passive: **vidì aven** 'was/got had', **vidì flen** 'was/got blown', **vidì jeden** 'was/got eaten', **vidì lisen** 'was/got read', **vidì opren** 'was/got opened' **vidì skriven** 'was/got written', **vidì sen** 'was/got been, **vidì sopen** 'was/got slept', **vidì venen** 'was/got come'.

Examples of the future passive: **ve vido aven** 'will be/get had', **ve vido flen** 'will be/get blown', **ve vido jeden** 'will be/get eaten', **ve vido lisen** 'will be/get read', **ve vido opren** 'will be/get opened' **ve vido skriven** 'will be/get written', **ve vido sen** 'will be/get been, **ve vido sopen** 'will be/get slept', **ve vido venen** 'will be/get come'.

CONJUGATION

Verbs in Uropi are not conjugated for person or number. An affirmative phrase is formed by following the personal pronoun with the verb. An interrogative phrase is formed by reversing the personal pronoun and the verb. The negative is formed by following either an affirmative or an interrogative phrase with the particle **ne.**

Affirmative : **personal pronoun + verb** ; Interrogative : **verb + personal pronoun**; Negative : **personal pronoun + verb + NE**

Examples of the present affirmative:
i av 'I have', **tu fle** 'you blow', **he jed** 'he eats', **ce lis** 'she reads', **je opre** 'it opens', **nu skriv** 'we write', **vu se** 'you are', **lu sop** 'they sleep', **un ste** 'one stands', **talun ven** 'everyone comes'

Examples of the past affirmative:
i avì 'I had', tu flì 'you blew', he jedì 'he ate', ce lisì 'she read', je oprì 'it opened', nu skrivì 'we wrote', vu sì 'you were', lu sopì 'they slept', un stì 'one stood', talun venì 'everyone came'

Examples of the future affirmative:
i ve avo 'I will have', tu ve flo 'you will blow', he ve jedo 'he will eat', ce ve liso 'she will read', je ve opro 'it will open', nu ve skrivo 'we will write', vu ve so 'you will be', lu ve sopo 'they will sleep', un ve sto 'one will stand', taliun ve veno 'everyone will come'

Examples of interrogative: piv tu? 'do you drink?', venì he? 'did he come?', zavev lu? 'would they know?', avev vu iten za? 'would you have gone there?'

Examples of the negative: nu vol ne 'we don't want', vu av ne vizen 'you haven't seen'

Other examples: de beb sì sopan 'the baby was sleeping', je v'ne liuvo 'it won't rain, tu jed ne 'you don't eat'

PREPOSITIONS

a to	gon against	po for	tra across
ane without	in in, into	pos after	trawàn during
be at	instà instead	pro in front of	tru through
berù behind	intra between	slogan according to	ude under
do towards	ki with	su on	us out of
dod since	obte in spite of	sube above	usim except
for before	ov about	tis till	uve over

NUMBERS

0 nul	7 sep	30	trides
1 un	8 oc	100	sunte
2 du	9 nev	200	dusunte
3 tri	10 des	1000	tilie
4 kwer	11 desùn	3000	tritilie
5 pin	12 desdù	1000 000	un miliòn
6 ses	20 dudes	1000 000 000	un miliàrd

Examples:: 574 'pinsunte sesdes kwer', 2 350 819 'du milione trisunte-pindes tilie ocsunte-desnèv'.

Ordinal numbers: pri '1st', duj '2nd', trij '3rd', kweri '4th', pini '5th', sesi '6th', sepi '7th', etc.

TIME AND DATE

Ka hor se je?	'What time is it?
Je s' un (hor)	'It's one o'clock (01:00, 13:00)
Je s' midià	'It's midday (noon) (12:00)
Je s' du id dudes	'It's twenty past two (02:20, 14:20)
Je s' midià id des	'it's ten past twelve (12:10)
Je s' tri min des	'it's ten to three (02:50, 14:50)
Je s'oc min kwert	'it's a quarter to eight (07:45, 19:45)
Je s' kwer id mij	'it's half past four (04:30, 16:30)
Je s' nev id kwert	'it's a quarter past nine (09:15, 21:15)
Be ka hor inìz de konsèrt?	'What time is the concert?
Be dudes id mij	'At half past eight (20:30)

hor 'hour	minùt 'minute	sekùnd 'second
jesta 'yesterday	odia 'today	domòr 'tomorrow
forjesta 'day before yesterday	posdomòr 'day after tomorrow	
tri dias for 'three days ago	in tri dias 'in three days	

The days of the week

Lundia 'Monday	Wendia 'Friday
Mardia 'Tuesday	Sabadia 'Saturday
Mididia 'Wednesday	Soldia 'Sunday
Zusdia 'Thursday	

The months of the year

Janvar	'January'	3ul	'July'
Febrar	'February'	Agùst	'August'
Mars	'March'	September	'September'
Aprìl	'Avril'	Oktober	'October'
Maj	'May'	November	'November'
3un	'June'	December	'December

Odia se 26i (dudes sesi) September 2005 (dutilie pin) 'Today is 26 September 2005'

be pri Maj 'on 1st May'   be 11i (desuni) November 'on 11th November'

The seasons

verna	'spring	otèm	'autumn
soma	'summer	vima	'winter

A FEW SIMPLE SENTENCES

Piv tu ne bir?	Don't you drink beer?
Di se bel voke!	These are fine words!
Di bib se Petri	This book is Peter's
I nud okle	I need glasses
Tu staj be dom	You stay at home
Mi sesta jeg pianò	My sister plays the piano
He av ne mozen veno	He couldn't come
I se leʒan su ruk	I'm lying on my back
Is verem se bel i v'ito pasìto	If the weather is fine I'll go for a walk
I av iten kopo u romàn	I have gone and bought a novel
I ve diko ja vo domòr	I'll show it to you tomorrow
He pragì mo kamòl kostì de vin	He asked me how much the wine cost
Un rekonì ha od dal	He could be recognized from afar

PREFIXES AND SUFFIXES

PREFIXES (SEE PREPOSITIONS)

a- 1) arrival, 2) causation
  veno 'to come'
  aveno 'to arrive'

  frajo 'to fear'
  afrajo 'to frighten'

an- 'un-, -less' (adjectives)
  justi 'fair'
  anjusti 'unfair'

ap- 'off, away'
  duto 'to lead'
  apduto 'to abduct, to kidnap'

be- 'fixing, setting, seizing, holding'
  cepo 'to seize'
  becepo 'to receive'

di- 'reverse action, un-, de-'
  deto 'to do'
  dideto 'to undo'

dis- 'scattering, splitting, breaking up'
  part 'part'
  disparto 'to share'

for- 'before, pre-, fore-'
  vizo 'to see'
  forvizo 'to foresee'

gon- 'against, anti- counter-'
  dezo 'to say'
  gondezo 'to contradict'

in- 'movement inward'
  muvo 'move'
  inmuvo 'move (feelings)'

intra- 'reciprocity, inter-'
  mico 'to mix'
  intramico 'to intermix'

ko- 'with, together, co-, con-, com-'
  varko 'to work'
  kovarko 'to collaborate'

niz- 'down, downward'
  volto 'to turn round'
  nizvolto 'to capsize'

ob- 'obstacle'
  falo 'to fall'
  obfàl 'accident'

od- 'provenance, origin
  veno 'to come'
  odvenad 'origin'

op- 'up, upwards'
  duto 'to lead'
  opduto 'to educate'

pas- 'passage, past'
  ito 'to go'
  pasìto 'to go for a walk'

per- 'pejorative, deterioration'
  curo 'to swear'
  percuro 'to betray one's oath'

po- 'goal, purpose'
  mozo 'can, be able'
  pomozo 'to enable'

pos- 'after, following, post-'
  pero 'to carry'
  pospero 'to postpone'

pro- 'movement forward'
  seto 'to put'
  proseto 'to introduce, present'

re- 'repetition, re-'
  geno 'to be born'
  regeno 'to be born again'

ru- 'back, backwards, return'
  voko 'to speak'
  ruvoko 'to answer'

su- 'on, to add'
  flujo 'to flow'
  suflujo 'to flood'

sube- 'above, over, super-'
  seto 'to put'
  subeseto 'to superpose'

tra- 'crossing, transition, trans-'
  davo 'to give'
  tradavo 'to pass on, transmit'

tru- 'through'
   vizo 'to see'
   truvizi 'see-through, transparent'

ude- 'under, sub-'
   kut 'skin'
   udekuti 'subcutaneous'

us- 'out, outside, ex-'
   kluzo 'to close'
   uskluzo 'to exclude'

uve- 'over, too much'
   deto 'to do'
   uvedeto 'to overdo, exaggerate'

SUFFIXES

-ad 'verbal or adjectival noun
   akto 'to act'
   aktad 'action'

   bel 'beautiful'
   belad 'beauty'

-an, -a 'in a certain state,
inhabitants'
   pod 'foot'
   podan 'pedestrian'

   Roman 'Roman'

-ar 'bearing or containing'
   pir 'pear'
   pirar 'pear tree'

   ac 'ash'
   acar 'ashtray'

-èl 'object used to'
   koto 'to cut'
   kotèl 'knife'

-en, -a 'undergoing'
   akulpo 'to accuse'
   akulpen 'accused'

-ia 'place (for countries, etc…)'
   koko 'to cook'
   kokia 'kitchen'

   Francia 'France'

-id, -ij nouns from adjs. in -i, -ic
   veri 'true'
   verid 'truth'

   peric 'dangerous'
   perij 'danger'

-ìst, -a 'specialist or supporter'
   dant 'tooth'
   dantìst 'dentist'

   komunìst, etc…

-or, -a 'agent'
   liso 'to read'
   lisor -a 'reader'

SOURCES

Alice's Adventures in Wonderland: The Evertype definitive edition,
by Lewis Carroll, 2016

Alice's Adventures in Wonderland, illus. June Lornie, 2013

Alice's Adventures in Wonderland, illus. Mathew Staunton, 2015

Alice's Adventures in Wonderland, illus. Harry Furniss, 2016

Alice's Adventures in Wonderland, illus. J. Michael Rolen, 2017

Through the Looking-Glass and What Alice Found There,
by Lewis Carroll, 2009

The Nursery "Alice", by Lewis Carroll, 2015

Alice's Adventures under Ground, by Lewis Carroll, 2009

The Hunting of the Snark, by Lewis Carroll, 2010

SEQUELS

A New Alice in the Old Wonderland, by Anna Matlack Richards, 2009

New Adventures of Alice, by John Rae, 2010

Alice Through the Needle's Eye, by Gilbert Adair, 2012

Wonderland Revisited and the Games Alice Played There,
by Keith Sheppard, 2009

Alice and the Boy who Slew the Jabberwock,
by Allan William Parkes, 2016

SPELLING

Alice's Adventures in Wonderland,
Retold in words of one Syllable by Mrs J. C. Gorham, 2010

𐐤𐐮𐑊𐐮𐑅'𐐆 𐐮𐐼𐐽𐐰𐑌𐐽𐐲𐑉𐐺 𐐮𐑌 𐐎𐐲𐑌𐐼𐐲𐑉𐑊𐐰𐑌𐐼 (Alis'z Advenchurz in
Wundurland), *Alice* printed in the Deseret Alphabet, 2014

𐐆 𐐏𐐲𐑌𐐮𐑍 𐐲𐑂 𐐧 𐐝𐑌𐐪𐑉𐐿 (Dh Hunting uv dh Snark),
The Hunting of the Snark printed in the Deseret Alphabet, 2016

𐐢𐐭 𐑄 𐐢𐐳𐐿𐐮𐑍-𐐘𐑊𐐰𐑅 𐐰𐑌𐐼 𐐶𐐳𐐻 𐐐𐑊𐐮𐑅 𐐙𐐫𐑌𐐼 𐐟𐐯𐑉
(Thru dh Lüking-Glas and Hwut Alis Fawnd Dher),
Looking-Glass printed in the Deseret Alphabet, 2016

Alice's Adventures in Wonderland,
Alice printed in Dyslexic-Friendly fonts, 2015

ᗅᒪᓓᙓᔕ ᗅᗪᐯᓰᒪᒪ ᒍᖇᓰᔕ ᓰᒪ ᗅ ᗪᕀ ᔕᒪᓓᗅᓰᗅ ᐯᓰᗅᓰᗪᓓᖇᒪᓰᓰᗪ, *Alice*
printed in a font that simulates Dyslexia, 2015

𛱻𛱻𛱻 𛱻𛱻𛱻𛱻𛱻 𛱻𛱻 𛱻𛱻𛱻𛱻𛱻𛱻𛱻 (Ælɪsɛz
Ædvéntʃuɹz ɪn Wʌnduɹlænd), *Alice* printed in the Ewellic Alphabet, 2013

'Ælɪsɪz Əd'ventʃəz ɪn 'Wʌndə,lænd,
Alice printed in the International Phonetic Alphabet, 2014

Alis'z Advněrz in Wunḍland, *Alice* printed in the Ñspel orthography, 2015

°.ᒪ ᒲ ᒪ ᒷᒲ °.ᒍ°꞉ ᒷ ᑌᑫ °ᑌ ᒪ ᒷ ᒲ ᒪᒷᒲ꞉°.ᑌᒍ,
Alice printed in the Nyctographic Square Alphabet, 2011

Alice's Adventures in Wonḍerland, *Alice* printed in QR Codes, 2018

·ᎠᏟˈᎢᏃ ᎥᏁᏗᏂᎴᏃ ᎥᎥ ·ᏁᎢᏂᏐᏟᎢᏝ (Alɪs'əz ədventjuːrz ɪn Wʌndərlænd),
Alice printed in the Shaw Alphabet, 2013

ALISIZ ADVENCꓷRZ IN WUNDꓤLAND,
Alice printed in the Unifon Alphabet, 2014

ⴹ𐲄𐲬𐲀𐲇𐲐𐲪𐲄𐲋𐲀𐲜 𐲈𐲑𐲀𐲇𐲂𐲀𐲇𐲐𐲗 𐲜𐲀𐲈𐲄 (Aliz kalandjai Csodaországban),
The Hungarian *Alice* printed in Old Hungarian script, tr. Anikó Szilágyi, 2016

Reflecting on Alice: A Textual Commentary
on *Through the Looking-Glass*, by Selwyn Goodacre, 2016

Elucidating Alice: A Textual Commentary on *Alice's Adventures in Wonderland*, by Selwyn Goodacre, 2015

Behind the Looking-Glass: Reflections on the Myth
of Lewis Carroll, by Sherry L. Ackerman, 2012

Selections from the Lewis Carroll Collection
of Victoria J. Sewell, compiled by Byron W. Sewell, 2014

SOCIAL COMMENTARY

Clara in Blunderland, by Caroline Lewis, 2010

Lost in Blunderland: The further adventures of Clara,
by Caroline Lewis, 2010

John Bull's Adventures in the Fiscal Wonderland, by Charles Geake, 2010

The Westminster Alice, by H. H. Munro (Saki), 2017

Alice in Blunderland: An Iridescent Dream,
by John Kendrick Bangs, 2010

SIMULATIONS

Davy and the Goblin, by Charles Edward Carryl, 2010

The Admiral's Caravan, by Charles Edward Carryl, 2010

Gladys in Grammarland, by Audrey Mayhew Allen, 2010

Alice's Adventures in Pictureland, by Florence Adèle Evans, 2011

Folly in Fairyland, by Carolyn Wells, 2016

Rollo in Emblemland, by J. K. Bangs & C. R. Macauley, 2010

Phyllis in Piskie-land, by J. Henry Harris, 2012

Alice in Beeland, by Lillian Elizabeth Roy, 2012

Eileen's Adventures in Wordland, by Zillah K. Macdonald, 2010

Alice and the Time Machine, by Victor Fet, 2016

Алиса и Машина Времени (Alisa i Mashina Vremeni),
Alice and the Time Machine in Russian, tr. Victor Fet, 2016

SEWELLIANA

Sun-hee's Adventures Under the Land of Morning Calm,
by Victoria J. Sewell & Byron W. Sewell, 2016

선희의 조용한 아침의 나라 모험기 (Seonhuiui Joyonghan Achim-
ui Nala Moheomgi), *Sun-hee* in Korean, tr. Miyeong Kang, 2018

На тым баку Люстра і што там напаткала Алесю
(Na tym baku Liustra i shto tam napatkala Alesiu),
Looking-Glass in Belarusian, tr. Max Ščur, 2016

Снаркаловы (Snarkalovy),
The Hunting of the Snark in Belarusian, tr. Max Ščur, forthcoming

Crystal's Adventures in A Cockney Wonderland,
Alice in Cockney Rhyming Slang, tr. Charlie Lovett, 2015

Aventurs Alys in Pow an Anethow,
Alice in Cornish, tr. Nicholas Williams, 2015

Alice's Ventures in Wunderland,
Alice in Cornu-English, tr. Alan M. Kent, 2015

Maries Hændelser i Vidunderlandet, *Alice* in Danish, tr. D.G., forthcoming

آليس در سرزمين عجايب (Âlis dar Sarzamin-e Ajâyeb),
Alice in Dari, tr. Rahman Arman, 2015

Äventyrä Alice i Underlandä,
Alice in Elfdalian, tr. Inga-Britt Petersson, 2018

La Aventuroj de Alicio en Mirlando,
Alice in Esperanto, tr. E. L. Kearney (1910), 2009

La Aventuroj de Alico en Mirlando,
Alice in Esperanto, tr. Donald Broadribb, 2012

Trans la Spegulo kaj kion Alico trovis tie,
Looking-Glass in Esperanto, tr. Donald Broadribb, 2012

Les Aventures d'Alice au pays des merveilles,
Alice in French, tr. Henri Bué, 2015

Les Aventures d'Alice au pays des merveilles,
Alice in French, tr. Henri Bué, illus. Mathew Staunton, 2015

Alisanın Gezisi Şaşilacek Yerdä,
Alice in Gagauz, tr. Ilya Karaseni, forthcoming

ალისის თავგადასავალი საოცრებათა ქვეყანაში
(Elisis t'avgadasavali saoc'rebat'a k'veqanaši),
Alice in Georgian, tr. Giorgi Gokieli, 2016

Alice's Abenteuer im Wunderland,
Alice in German, tr. Antonie Zimmermann, 2010

Die Lissel ehr Erlebnisse im Wunnerland,
Alice in Palantine German, tr. Franz Schlosser, 2013

Der Alice ihre Obmteier im Wunderlaund,
Alice in Viennese German, tr. Hans Werner Sokop, 2012

Balþos Gadedeis Aþalhaidais in Sildaleikalanda,
Alice in Gothic, tr. David Alexander Carlton, 2015

Nā Hana Kupanaha a ʻĀleka ma ka ʻĀina Kamahaʻo,
Alice in Hawaiian, tr. R. Keao NeSmith, 2017

Ma Loko o ke Aniani Kū a me ka Mea i Loaʻa iā ʻĀleka
ma Laila, *Looking-Glass* in Hawaiian, tr. R. Keao NeSmith, 2017

Aliz kalandjai Csodaországban,
Alice in Hungarian, tr. Anikó Szilágyi, 2013

Ævintýri Lísu í Undralandi, *Alice* in Icelandic, tr. Þórarinn Eldjárn, 2013

Eachtra Eibhlíse i dTír na nIontas,
Alice in Irish, tr. Pádraig Ó Cadhla (1922), 2015

Eachtraí Eilíse i dTír na nIontas, *Alice* in Irish, tr. Nicholas Williams, 2007

Lastall den Scáthán agus a bhFuair Eilís Ann Roimpi,
Looking-Glass in Irish, tr. Nicholas Williams, 2009

Le Avventure di Alice nel Paese delle Meraviglie,
Alice in Italian, tr. Teodorico Pietrocòla Rossetti, 2010

Alis Advencha ina Wandalan,
Alice in Jamaican Creole, tr. Tamirand Nnena De Lisser, 2016

L's Aventuthes d'Alice en Êmèrvil'lie,
Alice in Jèrriais, tr. Geraint Williams, 2012

L'Travèrs du Mitheux et chein qu'Alice y dêmuchit,
Looking-Glass in Jèrriais, tr. Geraint Williams, 2012

Элисәніҵ ғажайып елдегі басынан кешкендері (Ălïsäniñ ğajayıp
eldegi basınan keşkenderi), *Alice* in Kazakh, tr. Fatima Moldashova, 2016

Алисаның Хайхастар Чирінзер чорығы (Alïsanıñ Hayhastar Çïrinzer
çorığı), *Alice* in Khakas, tr. Maria Çertykova, 2017

Алисакӧд Шемӧсмуын лоӧмторъяс (Alïsaköd Semösmuyn loömtor″ias),
Alice in Komi-Zyrian, tr. Evgenii Tsypanov & Elena Eltsova, 2018

Алисаныҥ Кызыктар Өлкөсүндөгү укмуштуу окуялары
(Alisanın Kızıktar Ölkösündögü ukmuştuu okuyaları),
Alice in Kyrgyz, tr. Aida Egemberdieva, 2016

Las Aventuras de Alisia en el Paiz de las Maraviyas,
Alice in Ladino, tr. Avner Perez, 2016

לאס אב'יינבטוראס די אליסייה אין איל פאאיס די לאס מאראבי'יליייאס
(Las Aventuras de Alisia en el Paiz de las Maraviyas),
Alice in Ladino, tr. Avner Perez, 2016

Alisis pīdzeivuojumi Breinumu zemē,
Alice in Latgalian, tr. Evika Muizniece, 2015

Alicia in Terra Mirabili, *Alice* in Latin, tr. Clive Harcourt Carruthers, 2011

Alicia in Terra Mirabili: Editiō Bilingue Latīnē-Anglīcē,
Alice in Latin, bilingual edition, tr. Clive Harcourt Carruthers, 2018

Aliciae per Speculum Trānsitus (Quaeque Ibi Invēnit),
Looking-Glass in Latin, tr. Clive Harcourt Carruthers, Forthcoming

Alisa-ney Aventuras in Divalanda, *Alice* in Lingua de Planeta (Lidepla), tr.
Anastasia Lysenko & Dmitry Ivanov, 2014

La aventuras de Alisia en la pais de mervelias,
Alice in Lingua Franca Nova, tr. Simon Davies, 2012

Alice ęhr Eventüürn in't Wunnerland,
Alice in Low German, tr. Reinhard F. Hahn, 2010

Contoyrtyssyn Ealish ayns Çheer ny Yindyssyn,
Alice in Manx, tr. Brian Stowell, 2010

Ko Ngā Takahanga i a Ārihi i Te Ao Mīharo,
Alice in Māori, tr. Tom Roa, 2015

Dee Erläwnisse von Alice em Wundalaund,
Alice in Mennonite Low German, tr. Jack Thiessen, 2012

Auanturiou adelis en Bro an Marthou,
Alice in Middle Breton, tr. Herve Le Bihan & Herve Kerrain, Forthcoming

The Aventures of Alys in Wondyr Lond,
Alice in Middle English, tr. Brian S. Lee, 2013

L'Avventure d'Alice 'int' 'o Paese d' 'e Maraveglie,
Alice in Neapolitan, tr. Roberto D'Ajello, 2016

L'Aventuros de Alis in Marvoland, *Alice* in Neo, tr. Ralph Midgley, 2013

Elises Eventyr i Undernes Land: den første norske *Alice:*
Elise's Adventures in the Land of Wonders: the first Norwegian *Alice,*
Alice in Norwegian, ed. & tr. Anne Kristin Lande, 2018

Alice sine opplevingar i Eventyrlandet,
Alice in Nynorsk, tr. Sigrun Anny Røssbø, 2018

Æðelgýðe Ellendǽda on Wundorlande,
Alice in Old English, tr. Peter S. Baker, 2015

La geste d'Aalis el Païs de Merveilles,
Alice in Old French, tr. May Plouzeau, 2017

Alitjilu Palyantja Tjuta Ngura Tjukurmankuntjala (Alitji's Adventures
in Dreamland), *Alice* in Pitjantjatjara, tr. Nancy Sheppard, 2018

Alitji's Adventures in Dreamland: An Aboriginal tale inspired by
Alice's Adventures in Wonderland, adapted by Nancy Sheppard, 2018

Alice Contada aos Mais Pequenos,
The Nursery "Alice" in Portuguese, tr., Rogério Miguel Puga, 2015

Сыр Алиса Попэя кэ Чюдэнгири Пхув (Sir Alisa Popeja ke Čudengiri
Phuv), *Alice* in North Russian Romani, tr. Viktor Shapoval, 2018

Приключения Алисы в Стране Чудес (Prikliucheniia Alisy v Strane
Chudes), *Alice* in Russian, tr. Yury Nesterenko, 2018

Приключения Алисы в Стране Чудес (Prikliucheniia Alisy v Strane
Chudes), *Alice* in Russian, tr. Nina Demurova, 2018

Соня въ царствѣ дива (Sonia v tsarstvie diva): Sonja in a Kingdom of
Wonder, *Alice* in facsimile of the 1879 first Russian translation, 2013

Соня в царстве дива (Sonia v tsarstve diva),
An edition of the first Russian *Alice* in modern orthography, 2017

Охота на Снарка (Okhota na Snarka),
The Hunting of the Snark in Russian, tr. Victor Fet, 2016

Ia Aventures as Alice in Daumsenland,
Alice in Sambahsa, tr. Olivier Simon, 2013

Ocolo id Specule ed Quo Alice Trohv Ter,
Looking-Glass in Sambahsa, tr. Olivier Simon, 2016

'O Tāfaoga a 'Ālise i le Nu'u o Mea Ofoofogia,
Alice in Samoan, tr. Luafata Simanu-Klutz, 2013

Eachdraidh Ealasaid ann an Tìr nan Iongantas,
Alice in Scottish Gaelic, tr. Moray Watson, 2012

Alice's Adventchers in Wunderland,
Alice in Scouse, tr. Marvin R. Sumner, 2015

Mbalango wa Alice eTikweni ra Swihlamariso,
Alice in Shangani, tr. Peniah Mabaso & Steyn Khesani Madlome, 2015

Ahlice's Aveenturs in Wunderlaant,
Alice in Border Scots, tr. Cameron Halfpenny, 2015

Alice's Mishanters in e Land o Farlies,
Alice in Caithness Scots, tr. Catherine Byrne, 2014

Alice's Adventirs in Wunnerlaun,
Alice in Glaswegian Scots, tr. Thomas Clark, 2014

Ailice's Anters in Ferlielann,
Alice in North-East Scots (Doric), tr. Derrick McClure, 2012

Alice's Adventirs in Wonderlaand,
Alice in Shetland Scots, tr. Laureen Johnson, 2012

Ailice's Àventurs in Wunnerland,
Alice in Southeast Central Scots, tr. Sandy Fleemin, 2011

Ailis's Anterins i the Laun o Ferlies,
Alice in Synthetic Scots, tr. Andrew McCallum, 2013

Alice's Carrànts in Wunnerlan,
Alice in Ulster Scots, tr. Anne Morrison-Smyth, 2013

Alison's Jants in Ferlieland,
Alice in West-Central Scots, tr. James Andrew Begg, 2014

Alice muNyika yeMashiripiti,
Alice in Shona, tr. Shumirai Nyota & Tsitsi Nyoni, 2015

Алисаның қайғаллығ Черинде полған чоруқтары (Alisaniñ qayğallığ
Çerinde polğan çoruqtarı), *Alice* in Shor, tr. Liubov' Arbaçakova, 2017

Alis bu Cëlmo dac Cojube w dat Tantelat,
Alice in Ṣurayt, tr. Jan Beṭ-Ṣawoce, 2015

Alisi Ndani ya Nchi ya Ajabu, *Alice* in Swahili, tr. Ida Hadjuvayanis, 2015

Alices Äventyr i Sagolandet, *Alice* in Swedish, tr. Emily Nonnen, 2010

'Alisi 'i he Fonua 'o e Fakaofo',
Alice in Tongan, tr. Siutāula Cocker & Telesia Kalavite, 2014

De Aventure Alisu in Mirviziländ,
Alice in Uropi, tr. Bertrand Carette & Joël Landais, 2018

Ventürs jiela Lälid in Stunalän, *Alice* in Volapük,
tr. Ralph Midgley, forthcoming

Lès-avirètes da Alice ô payis dès mèrvèyes,
Alice in Walloon, tr. Jean-Luc Fauconnier, 2012

Lès paskéyes d'Alice è payis dès mèrvèyes,
Alice in Central Walloon, tr. Bernard Louis, 2017

Anturiaethau Alys yng Ngwlad Hud, *Alice* in Welsh, tr. Selyf Roberts, 2010

I Avventur de Alìs ind el Paes di Meravili,
Alice in Western Lombard, tr. GianPietro Gallinelli, 2015

U-Alisi Kwilizwe Lemimangaliso,
Alice in Xhosa, tr. Mhlobo Jadezweni, forthcoming

Di Avantures fun Alis in Vunderland,
Alice in Yiddish, tr. Joan Braman, 2015

Alises Avantures in Vunderland, *Alice* in Yiddish, tr. Adina Bar-El, 2018

אַליסעס אַװאַנטורעס אין װוּנדערלאַנד (Alises Avantures in Vunderland),
Alice in Yiddish, tr. Adina Bar-El, 2018

Insumansumane Zika-Alice,
Alice in Zimbabwean Ndebele, tr. Dion Nkomo, 2015

U-Alice Ezweni Lezimanga, *Alice* in Zulu, tr. Bhekinkosi Ntuli, 2014